ALFAGUARA **Voramar**

ALFAGUARA
Voramar

Torrelaguna, 60
28043 Madrid
Telèfon 91 744 90 60

València, 44
46210 Picanya (València)
Telèfon 96 159 43 90

I.S.B.N.: 978-84-8194-133-3
Depòsit legal: M-54.914-2008

Primera edició: setembre de 1997
Onzena edició: desembre de 2008

Disseny de la col·lecció:
Manuel Estrada

Printed in Spain - Imprés a Espanya
per Huertas, S. A., Fuenlabrada (Madrid).

La vall dels misteris

Joan Pla

Il·lustracions de Francesc Santana

ALFAGUARA

Voramar

1. Els tres misteris de la vall

Tot el que de menut havia sentit contar al meu avi, durant les llargues vetlades d'hivern, vora la llar, i que jo tenia com a producte de la seua abrivada imaginació, es va fer realitat al llarg dels mesos que van seguir un hivern fred, d'intenses nevades. La neu va arribar fins a l'últim racó de la vall, com feia anys que no ho havia fet.

L'avi parlava dels misteris que envoltaven la monòtona vida d'aquell poble pirinenc, de ramaders i contrabandistes, que amb el temps ha esdevingut un centre turístic d'alta muntanya. A l'hivern hi havia les estacions de neu, i a l'estiu, la bellesa dels nostres paisatges, la tranquil·litat de les valls interiors, a les quals només es podia accedir per camins estrets, i una gastronomia que encara no havia sigut contaminada per productes estranys.

El primer misteri, tan vell com el segon, i tan sorprenent, estava en la incorruptibilitat dels cadàvers dels difunts de cals Serratosa.

L'avi assegurava, amb veu enèrgica, mentre passejava per l'aire el petit tió, abans d'encendre el cigarret, que ell mateix ho va poder comprovar amb els seus propis ulls. Ell mateix va veure, feia una vintena d'anys, el besavi de Boi, que morí al final del segle passat.

—Estava sencer, incorrupte, a punt d'obrir els ulls! —va exclamar l'avi.

Ma mare assegurava que era cert el rumor, però afegia, posant un to d'incredulitat, que aquell fenomen passava en altres llocs, de terres seques, i que potser tenia una explicació senzilla.

—Això pot anar en la secor del paratge, avi, o en l'estat en què cada un ha mort. Si un mor embotit en medicines —ma mare era molt plàstica, quan parlava—, es desfà de seguida, però si no...

—Què m'has de dir tu, a mi! —tallava l'avi, tan encés com la punta del cigarret.

—Sempre les mateixes històries —repetia mon pare.

El segon misteri, que corglaçava tant com el primer, feia referència a unes estranyes i enigmàtiques ratapinyades. Apareixien sobre el cel del poble quan aquest amenaçava pluges torrencials, durant la tardor o la primavera. Sentíem els forts xiscles, com si rigueren. I les mares tancaven les portes i les finestres de les cases i ens amagaven perquè temien que ens xuplaren la sang. Contaven les persones agosarades que havien aconseguit observar-les, que aquests ratpenats es posaven sobre les teulades i els balcons de les cases, observaven atentament el cel, o qualsevol persona que passara pel carrer, i amb les primeres gotes de la tronada alçaven de nou el vol i desapareixien cap a la muntanya dels Senglars.

—I cada volta que ho fan, ixen els torrents i les deus, que l'aigua no s'acaba en tot l'estiu —deia l'avi. I després afegia—: Si algú gosava mirar-los, li causaven mal d'ull, com li va passar a Mateu, que ho gosà fer i li eixí a l'ull dret un mussol que no tenia cura. I només es va poder guarir quan acudí a la sanadora i li rentà l'ull amb aigua d'herbes.

—Això és que no se'l desinfectava, avi —deia mon pare—. Només quan va acudir a la sanadora, amb aquella aigua, li'l va rentar i va sanar...

—Què sabreu vosaltres de tot el que pot passar! —exclamava.

I ens contà la primera vegada que ell va tenir contacte amb un d'aquests ratpenats.

—Els vaig espiar amb algun temor —seguí l'avi, sense fer cas del meu pare—. Perquè no volia que aquests animals em sorprengueren. Però encuriosit per la visió que havia tingut Mateu, vaig mirar per un finestró, una nit que amenaçava una forta tronada, l'arribada d'aquestes bestioles. Esperava que es posaren damunt la teulada de la casa que tenia enfront, la dels Cubells... Tardaven a aparéixer. Deia jo si aquella tronada no devia ser tan amenaçadora ni devia portar tanta aigua com semblava a primera vista! Però de sobte vaig sentir el xiscle esguerrat d'uns animals nocturns. Van passar, creuant el fosc carrer, unes quantes ratapinyades. No em vaig adonar que n'hi havia dues dalt la teulada, fins que un llampec les va il·luminar unes dècimes de segon! Les tenia al davant, cara a cara! No em podien veure. Jo em vaig amagar, de manera que només treia els ulls pel forat del finestró. Els llamps solcaven l'espai sense donar temps que el cel recuperara la foscor. Aquells trons amenaçaven de deixar caure tot un diluvi d'aigua... Vaig poder contemplar aquella mena de ratapinyades amb bastant tranquil·litat. Eren grans com els corbs, però aquella cara que els podia observar, Mateu tenia raó: allò no era una cara de ratapinyada. Era una cara estranya, com d'infant, però que la distància no em permetia observar-ne els detalls; els seus moviments, la seua manera de moure's sobre la teulada, no era la d'una ratapinyada normal... Semblaven observar-ho tot amb alguna intel·ligència. No m'adonava del perill que corria, jo. De sobte van llançar un xiscle. I alhora se'n van sentir molts més. Aquelles estranyes bestioles van emprendre el vol cap a la muntanya dels Senglars. Cinc minuts més tard, l'aigua que va caure féu córrer els rierols de muntanya fins ben entrat l'estiu i les deus d'aigua brollaven fins a rebentar...

—Tot són casualitats, pare —va dir ma mare.

—No serà perquè no ho has sentit contar a més d'un! —s'indignava el meu avi.

—Tots conten les mateixes històries. De tant de contar-les, a l'últim ens les creiem —replicava mon pare—. De tota manera, alguna cosa hi deu haver de cert en tot aquest misteri —afegia.

I l'avi rondinava.

No hi havia cap discussió, tanmateix, sobre el misteri que envoltava l'home que s'havia establit feia més de vint anys a cals Planes. Una casa que queia de vella i que ell va restaurar pedra a pedra, i va fer polir la fusta dels balcons i de les finestres. Es feia anomenar Vicent. Era un home major, de cabells canosos i llargs. Duia barba curta però, estranyament, s'afaitava el bigot. A l'hivern, vestia pantalons de pana, una caçadora grossa de pell i una gorra que ja no tenia color; calçava botes de cuiro i fumava amb una pipa ben característica que els dies freds li escalfava les mans. Duia un gaiato de fusta polida, amb mànec de plata. Als estius es posava pantalons curts, un barret de tela i una camisa de quadros. Però no abandonava per res del món el gaiato amb mànec de plata ni la pipa.

Aquest home, que vivia sol, rodejat de cents de llibres, eixia dues vegades la setmana de casa, cap al tard, i es dirigia a la muntanya dels Senglars. No resultava estrany, perquè hi havia comprat, a poc a poc, grans extensions de terra.

Ningú sabia per què. Perquè no les explotava ni es veia que en traguera cap profit. I cada vesprada que hi anava, mai ningú el veia tornar a casa. Però cada matí, de l'endemà, ell n'obria les ventalles de les finestres.

—Deu entendre's amb el dimoni —asseguraven uns.

—Amb les ratapinyades, que en té cara —deien uns altres, més malèvols.

—Viu en un altre món —diu que assegurava el farmacèutic, que era la màxima autoritat en saber.

Llàstima que l'avi va morir dos estius abans que el govern, atés el trànsit que hi havia a la nostra comarca, decidira fer un túnel per a unir la nostra vall amb la de l'altre costat, a fi d'evitar els perillosos revolts que hi conduïen i la pèrdua de temps.

Perquè a partir d'aquesta decisió, el ritme de vida de la nostra vall es va transformar totalment i a l'últim vam descobrir tots i cada un dels misteris que l'envoltaven. O això vam creure...

2. L'incendi i altres enigmes

El túnel, tot just, havia de travessar la muntanya dels Senglars, a uns cinc quilòmetres i escaig del poble. El govern va iniciar els tràmits de la compra de terres per a construir la carretera. Atesos el bon preu i el futur benefici que hauria de reportar al poble, amb vista al sector turístic, la construcció de la nova carretera i del túnel només trobà l'oposició del senyor Vicent. S'hi va negar rotundament. Ell no venia ni un pam de terra. I amb la seua actitud era impossible traçar la carretera nova i el túnel pel lloc més idoni. La seua extravagància no va sorprendre gens. Com que no estava integrat al poble, li importava un rave el que opinara la resta de la gent. De manera que el govern hagué d'iniciar els tràmits d'expropiació forçosa. I uns mesos més tard van començar les obres de la carretera. El senyor Vicent es mostrava esquiu. Quan anava cap a la muntanya dels Senglars, ho feia amb pas més ràpid, sense mirar a cap costat, sense saludar ningú amb qui es trobara pel camí. Sabia que la gent malparlava per la seua enterca i insolidària actitud. Es va revifar el rumor sobre la raó de les seues eixides vespertines. Ell continuava impertèrrit. Fins que un dia les màquines es van acostar a les seues propietats. El soroll dels motors tornà a sentir-se com una remor llunyana.

Ningú va veure que el senyor Vicent haguera eixit de casa, ni que hi haguera tornat, aquell vespre. La matinada de dijous ens va desvetlar el soroll dels hidroavions. Mai n'hi havíem vist volar cap, perquè mai hi havia hagut a les nostres muntanyes, gràcies a la seua humitat, cap incendi. La mare va entrar tota espantada a la nostra habitació:

—Nadal, Roger, que s'estan cremant les muntanyes! —cridava forassenyada.

Era estrany que amb les primeres calors del maig es pogueren cremar les muntanyes. Encara quedava neu en molts dels cims i l'aigua corria i cantussejava pels rierols i torrents.

Ens vam abocar a la finestra. No teníem prou espai per a veure els hidroavions, que volaven baixos, però sí la fumera que començava a ennegrir el cel. Ens vam vestir de pressa per eixir al carrer i anar a escola. El col·legi, que era nou, es trobava situat a l'est del poble i des d'ell dominàvem tot l'espai. No era una columna de fum sinó tres. Aquell incendi, ho comentaven els professors, havia sigut ben intencionat.

—Vés amb quins instints criminals han incendiat el bosc! —deia la professora de Socials.

Cada vegada que passava un hidroavió estàvem més pendents d'ell que no de les explicacions de classe. De manera que, aprofitant l'avinentesa, ens van fer fer una redacció sobre quina era la impressió que teníem en veure cremar-se el bosc davant els nostres nassos. I que l'acompanyàrem d'un dibuix. No cal dir que les redaccions van ser d'allò més realista, i també els dibuixos, ja que ens vam fixar en els mínims detalls dels hidroavions.

Per sort i gràcies a les condicions favorables: humitat dels boscos, manca de vent i rapidesa d'intervenció, els danys van ser mínims. Entre els tres focus d'incendi no va arribar a una hectàrea de bosc cremat. Tots els comentaris requeien sobre el senyor Vicent, ja que ho consideraven com una venjança per l'expropiació que s'havia fet d'una part de les seues terres. Però no es va poder demostrar res. De moment.

A mitjan estiu, les màquines perforadores eren enfront de la muntanya per a començar l'excavació del túnel. S'hi havia organitzat una parafernàlia impressionant. Molts matins anàvem al turó dels Àngels, que era a mig quilòmetre escàs del començament del túnel, i hi passàvem les hores mirant com treballaven les màquines. El brogit infernal que feien. Els camions que carregaven la runa i marxaven per a traslladar-la lluny d'allí. Aquella activitat era impressionant. Ens sorprenia com s'havien pogut arriscar a ficar-se dins d'una muntanya i fer-li un forat de cinc quilòmetres i mig. Ens preguntàvem com s'ho farien per a eixir a l'altra banda de la serralada al punt desitjat.

I, quan ja duien cent metres d'excavació, es va produir el segon incident. Cap a les dues de la matinada, d'enfront de la boca del túnel es van veure pujar grans flames. Encara hi havia gent que vetlava al carrer, fent petar la xarrada perquè no tenia pressa d'anar a dormir. Es va avisar el cap de l'empresa, que residia en un dels nous hotelets. Quan ell i dos encarregats més van acudir a la boca del túnel, seguits de molts curiosos, les dues perforadores ja estaven socarrades.

—Algú s'ha encabotat que no construïm el túnel! —repetia un dels capatassos—. De primer l'incendi del bosc i ara les màquines...

Estaven desesperats, pels diners que costaven i pel temps que ara havien de perdre. Aquell incident es va posar a les mans de l'autoritat i se'n féu una investigació, que de moment, com en el cas de l'incendi del bosc, no va donar cap resultat positiu, perquè tampoc ningú havia vist cap sospitós. Com si es tractara d'una mà invisible.

Al cap de dues setmanes van arribar noves màquines. El treball es va reiniciar. Ara, però, quatre treballadors feien guàrdia de nits per vigilar que ningú s'acostara a les màquines. Tot semblava que rutlava bé. Al final de l'estiu, el túnel arribava ja als quatre-cents metres de profunditat. Tot recuperava el seu ritme. Els xics tornàvem a col·legi. Entre setmana, el poble recuperava la tranquil·litat, esperant els turistes de cap de setmana, quan la neu cobrira les muntanyes i les estacions es posaren en marxa. I tornàvem a començar un nou cicle. Jo vaig marxar a l'institut comarcal, a fer-hi el segon cicle d'ESO. Vallroja era a uns set quilòmetres, i tots esperàvem que la nova carretera fóra acabada, perquè en poc més de deu minuts podríem anar-hi i tornar-ne.

Novament, quan vam tornar al vespre de Vallroja, a mitjan octubre, vam sentir que algú havia espatlat les màquines perforadores. Els quatre vigilants no s'ho explicaven, perquè ells, la vespra, ni havien vist entrar ningú al túnel ni havien vist eixir-ne ningú. Però algú havia aconseguit arribar a les perforadores, que eren a cinc-cents metres de l'entrada. Quan els maquinistes, al matí, les van voler engegar, els motors es van ofegar i no hi havia qui les fera anar. Van passar dues hores esbrinant què havia passat, fins que van descobrir que algú havia abocat arena als conductes del carburant. Per més que van mirar si hi havia algun accés interior al túnel, no en van descobrir cap. I van començar a pensar que allò era cosa del dimoni, o de bruixes, i es van espantar. Encara que el cap de l'empresa, que no creia que això ho haguera fet cap dimoni ni cap bruixa, pensant que s'havien distret o adormit, va despatxar els vigilants.

Tres dies es van perdre fins a posar a punt les perforadores. Però, a causa de l'estrany del cas, entre la gent començà a disparar-se la imaginació. Molts no creien que el senyor Vicent fóra el causant de tots els incidents ocorreguts. I molt menys que s'arriscara a entrar cinc-cents metres túnel endins i que omplira d'arena els depòsits de carburant. Encara que el vell Tomàs va assegurar que aquell «corb», referint-se al senyor Vicent, coneixia algun forat per on podia entrar al túnel.

—No n'han trobat cap —va contestar Hug.

—Què sabran ells! —va remugar el vell Tomàs.

Era algú de carn i ossos o era el mateix dimoni que, entremaliat, feia costat al senyor Vicent?, es preguntava la gent. I llavors tornà a agafar força la llegenda de les estranyes ratapinyades, que tenien cara d'infant i podien actuar també com xiquets entremaliats.

Però l'accident més greu encara tardà un mes a passar.

3. L'afonament del túnel

Va ser al final del novembre. De matinada es va sentir a tota la vall una tremolor somorta. I una mena d'espetec, com si alguna cosa s'enderrocara sobtadament. Molts veïns es van alçar espantats per si de cas era un principi de terratrémol. Una hora més tard, encara fosc, es va saber que s'havia produït un fortíssim enderrocament a l'interior del túnel.

Pels rumors que van córrer, es va saber que s'havia afonat el túnel a uns dos-cents metres de l'entrada, i que atesa l'hora, no s'havien produït desgràcies personals. Que les obres, a causa de l'abast de l'enderrocament, quedaven paralitzades mentre no es desenrunara la terra i se sabera quin era el dany causat i la viabilitat del projecte per errors d'estudi geològic.

A les portes del túnel només va restar una màquina excavadora, cansada del treball, i un camió menut. Els treballadors i els directius van marxar momentàniament sense deixar-hi altre rastre que la caseta de vigilància.

Tres setmanes després es va publicar a

la premsa que l'empresa constructora al·legava tota mena d'excuses per a continuar les obres. Aquell incident, a més dels reiterats boicots, feia sobrepassar el cost de l'obra i no hi podia fer front. No van tardar gens a alçar-se des dels mitjans de comunicació les veus que denunciaven clarament el mal estudi geològic que s'havia fet de la zona.

Els dies inactius, sense que es donara solució al problema, s'allargaven. Finalment, l'empresa es declarà en fallida i el govern prometé un nou estudi geològic.

Però uns nous fets van originar que tot començara a donar un tomb. M'ho va dir Juli a mitjan vesprada.

—Aquest matí hem vist, Quim i jo, que l'empresari i l'enginyer anaven per la muntanya dels Senglars i els hem seguit. S'han clavat per un forat i hi han desaparegut. És molt estrany, no?

Tots havíem acabat coneixent, al poble, les persones més importants de l'empresa. El senyor Joan, cap de l'empresa, i Jofré, *Nas de Picola* per als xiquets, l'enginyer. Quan acabaven la faena, com s'allotjaven en un dels hotelets, s'hi feien veure.

—Deuen haver trobat una entrada al túnel —vaig dir.

—I per què anaven com en secret, tot mirant si algú els seguia? —replicà Juli—. Si l'empresa no pot continuar les obres, per què hi tornen

i què hi busquen? De segur que han trobat com entrar al túnel.

No vaig saber què contestar.

—Érem dalt del turó de Claramunt, collint serves, i els hem vist arribar pel caminet de Ràtils. I ens hem amagat. «Els seguim, Juli?», m'ha demanat Quim. I, com que hem vist que miraven a totes bandes, ens ha picat la curiositat i ho hem fet.

—Algun dia us veureu en un destret —vaig marmolar.

—I quan han arribat prop de la cova dels Sepulcres, cap a la dreta de la muntanya dels Senglars, s'hi han ficat no sé com i ja no els hem vist més —acabà de contar.

Com jo era molt curiós, allò em va intrigar. Però no hi vaig mostrar massa interés per no satisfer la vanitat de Juli, que estava massa segur de tot el que deia, i perquè de vegades fantasiejava una mica.

—Pregunta-ho a Quim —va dir, un poc decebut.

—Si més tard el trobem...

Juli va buscar Quim i el va dur perquè em confirmara el que ell m'havia contat. I Quim encara m'ho va contar amb més pèls i senyals que Juli, perquè tenia una memòria fotogràfica al·lucinant.

—Han desaparegut entre uns avets menuts i un om d'uns dos metres. A la seua dreta hi havia unes roques mig cobertes d'heura i de molsa —explicà Quim com si ho veiera.

Feia tres setmanes que s'havia afonat el túnel. Per què hi havien tornat i per què ho feien? Si havien trobat una entrada al túnel, què hi anaven a buscar? Des de quan coneixien l'entrada?, em vaig preguntar. I aquelles i altres preguntes que em venien al cap, no tenien una resposta clara.

—Despús-demà, que comencen les vacances, podem mirar-ho —vaig dir.

—El què? —va dir Quim.

—La cova per on han entrat. Prepararem cordes i llanternes. Podem dir-ho a Sergi i a Joan Enric.

—Massa gent —digué Juli.

—No sabem què ens hi podem trobar i cal que siguem prou gent —ho vaig dir per les ratapinyades. No sabia d'on podien venir i potser s'amagaven en alguna d'aquelles coves.

Ni Sergi ni Joan Enric van tenir cap problema a acompanyar-nos. Fins i tot se'ns va afegir Míriam, la germana de Sergi, perquè, si no, ho deia als seus pares, i nosaltres no volíem que se sabera. Almenys en la primera visita. Per això havíem preparat les llanternes i les cordes durant la vespra, sense alçar sospites.

Vam eixir a primera hora del matí. La neu cobria el cim de les muntanyes, perquè aquella tardor no havia arribat amb massa pretensions. Vam veure que el cotxe del senyor Joan, l'empresari, no era al lloc on Quim i Juli l'havien vist uns dies abans, ocult entre uns matolls. Teníem el camí lliure, de moment. Del poble a la muntanya dels Senglars hi ha una hora i escaig de camí, si anem a bon pas. I el nostre era un pas lleuger, perquè teníem pressa a arribar-hi. No va ser gens difícil, per a Quim, localitzar els avets, l'om i les roques. Aquestes formaven com una esmotxadura en el terreny d'un metre i mig d'ample per quatre de fons. Tot aquell entrant era un llit de roques, d'arbustos, de plantes enfiladisses, que feien difícil accedir-hi bé.

Tot era furgar els arbustos, remirar les parets de les roques, i no hi trobàvem cap escletxa ni cap badall que accedira a l'entrada de cap cova...

—Obri't, sèsam! —va bromejar Míriam, que creia que allò havia sigut una presa de pèl.

Juli la va fulminar amb la mirada.

—Van desaparéixer ací mateix —assegurava Quim.

—Nosaltres els vam veure des d'allà... —repetia Juli.

I tots miràvem el punt on ells eren situats per veure si descobríem la perspectiva i endevinàvem el cau per on el senyor Joan i el senyor Jofré havien desaparegut. Allò semblava un viatge perdut.

—Aquesta roca sembla que no està tan fixa com sembla —va dir Joan Enric, mirant una roca que hi havia cap a l'interior de l'entrant, a tocar de terra—. Es mou una mica—, i la colpejava amb el peu dret.

La roca, d'uns cent i tants quilos, era arran de terra, contra la paret de roques, coberta de molsa i d'heura. A simple vista, res denotava que estiguera solta. Només la vista de Míriam va observar alguna cosa estranya.

—Aquestes fulles d'heura estan com xafades —va dir.

Quim s'hi va acostar. Ho va observar tot amb ulls de falcó.

—Les fulles i aquestes arrels... És com si hagueren fet girar la roca sobre ella mateixa...

Vam observar les fulles d'heura, roges per la tardor, i estaven masegades per la força d'una gran pressió. Allò ens va fer posar els pèls de punta, d'emoció.

—No hi ha cap dubte! Vejam! —va dir Sergi, que era el més fort entre nosaltres.

I aconseguí somoure-la una mica més que Joan Enric.

—Si m'ajudeu...

I ens vam llançar sobre la roca per fer-la redolar cap a la dreta. Com no estàvem ben situats, vam aconseguir alçar-la un pam, però tornà a caure sobre si mateixa, perquè pesava com un dimoni. Amb aquell pam que havíem aconseguit pujarla, en vam tenir prou per a descobrir que sota la roca, efectivament, hi havia una obertura. Jo vaig tremolar d'emoció. I, com la resta de companys, hi vaig posar tota la meua il·lusió. Al tercer intent, quan ja havíem trobat el punt on dirigir la nostra força, aconseguírem fer tombar la roca sobre ella mateixa.

—Deixem-la amb molt de compte —ens advertí Quim—. No convé xafar més fulles o branquillons. Si tornen, sabran que algú més hi ha entrat i estarem perduts.

L'escletxa feia un mig metre per quaranta centímetres. Bastant ampla perquè nosaltres poguérem entrar però molt justa perquè ho pogueren fer l'empresari i l'enginyer, que eren més grans. Vam il·luminar amb les llanternes aquella cova. Hi havia uns dos metres llargs de caiguda lliure i després seguia cap a l'esquerra.

—Haurem de deixar una corda lligada a la roca per a poder eixir quan tornem —vaig dir.

Però Juli em tallà.

—Podem alçar-te i puges tu el primer. Lligues la corda a la roca i pugem la resta —digué, perquè jo era el que pesava menys.

Era evident que aquella no era l'eixida, o l'entrada, de les ratapinyades, vaig pensar. Havia d'haver-n'hi alguna altra. Vaig pensar en l'estrany senyor Vicent, que dues vegades la setmana venia a la muntanya dels Senglars. En coneixia ell l'entrada?

—En què penses? —em tallà Quim.

Sergi va ajudar-nos a baixar i després ell saltà al fons. Vam carregar les cordes i les llanternes, i vam seguir l'abrupte camí que ens portava cap al centre de la terra. Només va ser que en el punt on necessitàvem fer ús de les cordes en vam descobrir una de llarga a un costat del camí.

—Aquesta és la corda que fan servir per a baixar, ells —digué Juli.

—I com ho saps? —li vaig tornar la pilota, dient-ho amb sorna, d'evident que resultava.

—I què fem? —va demanar Míriam.

—Continuar! —va tallar Quim.

—Continuar! —va corroborar Juli—. Si algú té por, encara se'n pot tornar —afegí amb segones intencions.

Ningú va fer cap pas arrere.

—Si ens emportem la corda amb nosaltres, no podran baixar —va dir Joan Enric.

Aquella evidència ens va astorar. Perquè tots vam pensar el que només Sergi va gosar dir, perquè no amagava res:

—Si ens descobreixen i tapen l'entrada, la tenim clara!

Ens estàvem arriscant en excés. I no sabíem què ens podríem trobar allà dins. Però ningú va fer un pas arrere, ara tampoc.

—Si deixem la corda, potser no sàpien quan hi hem pogut entrar —va dir Míriam.

—Ni si ens l'emportem tampoc... —tallà Sergi—. Ens l'hem poguda endur avui o anit, perquè no sabem quina ha sigut l'última volta que ells hi han entrat...

—Doncs deixem-la i no usem la nostra. Una corda més que tenim —va dir Juli.

I vam iniciar la primera baixada en corda. El que no sabíem era si quan tornàrem a eixir, hi seria la corda. I si algú ens hi esperaria.

4. El riu aurífer i un fals moribund

Aquell pendent mesurava uns cinc metres i escaig. S'eixamplava i s'estretia, de manera que podíem recolzar els peus a les roques o dansàvem enlaire per no tenir cap punt de suport. Joan Enric va ser el darrer a baixar. Després va seguir un desnivell abrupte, en què no calien cordes, però sí molta atenció a fi de no esvarar i caure no sabíem cap a on. Perquè prompte vam començar a notar la humitat. Uns cent metres més avall vam tornar a descobrir una altra corda. Era pel nou pendent que hi havia, no tan pregon. Però l'estrany del cas va ser que a partir de llavors, el color de la terra i de les roques canviaren. Míriam assegurava que les roques tenien punts que brillaven com l'or.

—Deu ser pirita —assegurà Juli.

Però estàvem massa preocupats a seguir el camí i descobrir on dimonis portava tot allò per a aturar-nos a examinar aquelles roques amb deteniment.

Potser vam recórrer uns dos-cents o trescents metres més. No ho podíem assegurar, perquè de vegades podíem avançar ràpidament i d'altres se'ns feia llarguíssim; unes vegades, poques, era tot pla, i la major part descendia més o menys abruptament. Però ja hi dúiem quasi dues hores.

En arribar a la boca d'un nou pendent, ens va semblar sentir una remor dolça.

—És el cant de l'aigua —va dir Míriam tota emocionada.

—El cant dels ocells! —digué Juli.

Però tots ens vam emocionar. I vam baixar el pendent agafant-nos de les roques, perquè no hi calien cordes. La remor es feia més intensa i provenia de la dreta. Però el camí es dividia en dos.

—Mirem si passa algun riu —va dir Quim.

I ens vam dirigir cap a la dreta. Cinquanta metres més avant, el túnel s'obria i donava pas a un gran eixample. Però tot i que ara sí que sentíem amb claredat el soroll de l'aigua, com si ens la poguérem ja beure, encara no apareixia davant els nostres ulls. Vam córrer cap a l'esquerra, d'on venia la remor de l'aigua. I aquell eixample donava pas a una immensa cavitat, ampla i alta, per on transcorria un riu subterrani de més de vint metres d'amplària. Tant, que fins i tot tenia a una riba i a l'altra més de dos metres d'arena. Com una petita platja. El corrent eixia de davall d'una boca de roques, per on es podia entrar, perquè entre el corrent i les roques del sostre hi havia més de dos metres.

—Quin lloc més meravellós per a esmorzar —digué Míriam, que ja feia estona que protestava perquè no paràvem.

—Ara només tafanegem un poc —va dir Juli.

—Molt de corrent deu portar perquè puga arrossegar tanta arena! —vaig dir.

I quan vam fixar-hi els ulls, vam descobrir una arena plena de petjades i a prop de la cavitat un objecte que no era natural.

—Què deu ser allò? —va dir Joan Enric.

Vam córrer. I vam fer uns ulls com unes taronges.

—Òndia, tu! —digué Quim.

Perquè allò era com una safata per a buscar or als rius!

—Algú ha furgat l'arena i ha provat a extraure'n or! —va dir Míriam.

Aleshores ens vam fixar bé en l'arena. I vam recordar l'advertència de Míriam. No eren solament les roques les que tenien punts que brillaven sinó també l'arena.

—Ja ho tinc clar! —va dir Quim.

—Què tens clar? —vam dir.

—Per què s'ha afonat el túnel...

—Per què? —vaig dir.

—Per les aigües subterrànies. Deuen haver soscavat les obres.

—M'estranya molt —va dir Juli.

—No ho sabrem si no ho comprovem.

Perquè també han pogut afonar el túnel voluntàriament —sentencià Joan Enric.

Tanta paraula m'atabalava, perquè tot eren especulacions. Ara bé, era clar que el senyor Joan i el senyor Jofré coneixien l'existència del riu i de l'or que s'hi trobava. Però, havien enderrocat el túnel voluntàriament o s'havien donat dues casualitats alhora?

—Seguim el riu! —exclamà Juli.

—Però no havíem d'esmorzar? —digué Míriam.

—Esmorza tu, si vols. Jo ho faré caminant —va contestar Juli, que no s'estava de seguir avant.

—Podem seguir el riu, si volem, o tornar a l'altre camí que havíem abandonat —vaig insinuar.

Sergi i Quim van córrer seguint el corrent de l'aigua, mentre treien els esmorzars, i tots els vam seguir. El riu feia trenta centímetres de profunditat i de moment l'altura del sostre ens permetia resseguir-lo per les vores. Un tros a peu eixut i un altre xipollejant en l'aigua. Uns dos-cents metres més endins, el sostre de roca quasi tocava l'aigua. Però, ajupint-nos fins a tocar l'aigua el nas, vam poder passar a l'altre costat. A poc a poc, la cavitat tornava a fer-se gran.

—No disposem més que d'una hora per a poder continuar avant —digué Sergi—. Si arribem massa tard a casa, tindrem problemes.

Tota aquella arena també era aurífera. La

nostra sorpresa, ara sí que vam quedar de pedra, va ser quan també allí, prop d'un ixent de roques, algú havia rascat l'arena.

—No fa massa estona —digué Quim.

Era evident, perquè l'arena no era seca de temps, o es trobava tan prop de l'aigua, que qualsevol pujada d'aigua l'hauria arrossegada.

—Han degut ser ells també! —va dir Joan Enric—. Estic segur que la van descobrir ací i...

Va quedar parat, pensatiu.

—I què? —vaig demanar, perquè m'havia intrigat.

—Va, digues! —va dir Juli.

Joan Enric es va rascar l'orella. Va mirar les roques per si de cas confirmaven el que ell havia intuït.

—Que van descobrir el riu i l'or, van esfondrar el túnel perquè ningú hi tinguera accés i ara entren per on nosaltres ho hem fet!

Vam quedar perplexos perquè no acabàvem d'entendre tot el que ens volia dir.

—Si no t'expliques millor... —va dir Míriam—. Perquè alguna cosa sí que crec que t'he entés, però...

Joan Enric es va trobar satisfet de ser el centre d'atenció, cosa que no féu massa gràcia a Juli.

—Imagineu que per alguna raó, algun forat que van trobar, l'empresari i Nas de Picola van descobrir aquest riu subterrani i l'or de l'arena... Correcte?

—Correcte —vam contestar.

—Si s'haguera continuat excavant el túnel, s'hauria descobert el riu i l'or, veritat?

—Veritat! —vam dir a cor, un poc seguint la broma.

—Llavors, el govern hauria confiscat l'or...

—Sí senyor.

—Que és el que l'empresari i Nas de Picola no volen...

—No volen —seguíem.

—Per tant: envien el túnel a fer punyetes, la companyia es declara insolvent i pot ser que al govern li convinga o no li convinga prosseguir les obres o desviar el túnel per un altre lloc. L'empresari i Nas de Picola ja saben per on entrar amb facilitat i apropiar-se l'or...

—I si el govern continua les obres?... —vam preguntar.

—Hauran de demostrar que l'accident ha sigut provocat... Però d'ací a allà —conclogué Joan Enric—, aquests ja s'han fet rics, o han ocultat les prov...

—Allà! —va exclamar Quim, tallant Joan Enric.

L'ensurt que ens va fer, no el done a passar a ningú. Perquè imaginàrem que havia vist l'empresari i l'enginyer. Però ell assenyalava un punt determinat.

—Crec que allí hi ha el forat d'accés —va dir.

—Sembla que sí —digué Juli.

I es va arrapar a la paret i en un tres i no res era a uns quatre metres d'alçada.

—Açò fa un tomb a la dreta —va dir amb gran alegria, perquè tots el miràvem.

Vam escalar la roca. Evidentment, el petit forat s'eixamplava i seguia cap a la dreta. El vam recórrer, sense massa dificultat, fins que arribava en un punt on només podíem passar d'un en un i arrossegant-nos uns quants metres pel forat. Al final, hi havia un pendent d'uns tres metres, vertical, i van haver d'alçar-me. Vaig enganxar la corda i tots hi van pujar.

Una obertura donava accés a una escletxa situada damunt nostre. Hi vam accedir i la vam resseguir, que ja no sabíem si era a la dreta o a l'esquerra. Però de sobte ens vam espantar.

—Calleu! —va cridar Míriam.

Vam callar i vam sentir unes veus llunyanes i llastimoses que demanaven auxili.

—Hi ha algú! —vaig dir.

Vam parar les orelles i ens vam dirigir cap al punt d'on créiem que venien les veus. Però abans d'arribar-hi, uns cinquanta metres més cap al fons, el passadís tornà a fer-se estret i vam haver d'accedir d'un en un, alçant-nos, en un lloc inesperat.

—El túnel! —va exclamar Juli, que va ser el primer a entrar-hi—. Açò és el túnel.

Però prompte va callar, perquè la veu es féu més forta.

—Ací, ací!... —xisclava.

Sergi es va quedar per ajudar Bernat a eixir del corredor i la resta ens vam dirigir cap a una figura humana que estava mig incorporada, estenent els braços cap a nosaltres.

—Però, què fa vosté ací? —va dir Míriam.

L'aspecte d'aquell home, que semblava d'edat madura, amb la barba de dies, era deplorable.

—Em va agafar ací dins quan es va ensorrar el túnel —va dir. Però va callar perquè, assegurava, no tenia forces per a parlar gaire.

Li vam donar aigua, encara que era el que menys falta li feia, digué, perquè havia trobat un lloc humit a les roques i havia anat bevent.

—Gràcies a l'aigua he pogut sobreviure —va explicar.

Però, com que assegurà que no havia menjat i les forces li fallaven, li vam donar les sobres dels esmorzars, perquè amb les presses no ens havíem acabat la berena, i la fruita que ens quedava: dues pomes i un plàtan. S'ho menjava a poc a poc perquè no volia que li fera mal, ja que havia estat tants dies en dejú. Es veia que era un home fort. Va descansar una llarga estona, mentre nosaltres miràvem les runes del túnel.

—Guaiteu —vaig dir.

Entre un muntó de pedres vaig trobar unes restes del que podia ser un cartutx de dinamita.

—No hi ha dubte —va dir Joan Enric.

—De què no hi ha dubte? —demanà Sergi.

—Que han dinamitat el túnel perquè ningú descobresca el riu d'or.

—No podem assegurar-ho —tallà Juli—. Per a excavar túnels, empren dinamita. No és cap prova.

I ens va deixar sense proves.

—L'home diu que es va ensorrar —va dir Míriam.

—Jo me l'emporte —vaig assegurar, mentre em guardava la prova.

De sobte, Quim va dir:

—I com el traiem d'ací? No aguantarà el viatge, aquest home.

—Just ens hi vindrà, a nosaltres —va dir Míriam.

—Hem d'eixir i avisar algú. La policia... —va dir Sergi.

Ens vam dirigir a l'home.

—No el podrem traure —va dir Quim—. Pesa massa i el camí és...

Però ell va replicar:

—Com dimonis heu aconseguit arribar fins ací?

—No s'ho creuria... Vam veure que el senyor Joan i el senyor Jofré venien d'amagatotis cap ací, els vam seguir i vam veure per on entraven... —explicà Juli—. Hem volgut saber per què... Però no sé si el podrem traure, a vosté, sap?

És un camí molt entortolligat i vosté deu pesar molt...

—Hi ha passos molt estrets, en què ens hem d'arrossegar per a poder eixir —vaig marmolar.

—Que no us veieu amb força de traure'm —digué, exculpant-nos.

—Avisarem la policia...

—D'ací a una estona estaré com nou. Us acompanyaré —va somriure.

I ens va deixar bocabadats, perquè pensàvem que hauria d'estar mig mort.

Vam seure, perquè ja ho teníem tot vist. Fins que un quart d'hora més tard, després que l'home va fer-nos algunes preguntes, va dir:

—Au, va, xicots, que es farà tard.

I vam emprendre la marxa, tan lenta com quan havíem vingut. L'home no mostrava la feblesa que presumíem havia de tenir, que feia vint i tants dies que el túnel s'havia ensorrat. Allí hi havia un misteri que no aconseguíem desxifrar. Per això no vam dir res quan vam vorejar el riu subterrani ni vam anomenar la safata.

Quan vam eixir a fora, l'home es mostrà molt agraït; però després d'advertir-nos que podíem tenir un accident si tornàvem a entrar en un lloc tan perillós, es posà a caminar i va desaparéixer cent metres enllà.

—No és un misteri, tot aquest merder? —va dir Sergi.

—Com pot un home haver suportat tants dies sense menjar ni quasi beure i haver refet tot aquest camí? —es preguntà Quim.

—No fa ni quatre dies que aquest home ha entrat al túnel —dogmatitzà Juli—. I no hi ha entrat sol.

—Com ho saps? —va dir Míriam.

—Perquè amb els dies que fa que es va ensorrar el túnel no estaria tan fort com està. I com que no tenia cap llanterna ni cap ciri, com hi ha pogut entrar? No podia anar encenent els llums del corredor, no ho creus? —va bromejar Juli.

—Ha insistit si havíem descobert alguna cosa. Voleu dir que no ens amaga res? —vaig dir.

—Per tant —va continuar Juli—, vol dir que, aquest home, el van abandonar allí dins, esperant que morira. I només ho han pogut fer el senyor Joan i el senyor Jofré, perquè són els únics que coneixen el secret del riu. Per això ha insistit a preguntar-nos si havíem descobert alguna cosa...

—Per això ha fet comèdia, perquè creguérem que estava tan feble, i al poc de menjar ja es trobava fort —afegí Míriam.

—És clar. Ara ho veig —digué Sergi. I afegí—. Tinc una idea.

—Quina? —vam dir.

—Posem la roca de manera que si algú hi entra ho puguem saber... Pensem en un senyal o...

Mentre tornàvem la roca al seu lloc, tan

exactament possible com l'havíem trobada, hi vam pensar.

—Tal com està la roca, si ara li pose aquesta pedra al damunt, quan gire la roca, caurà —vaig dir.

—D'acord —van dir Míriam i Quim.

—Podem posar també aquesta fulla ací baix, de manera que si la fan girar, la xafaran —va dir Juli, posant una fulla d'om entre la terra i la roca. No es podia evitar.

De manera que hi vam posar dos senyals.

Mentre tornàvem cap a casa, molt de pressa perquè ja era hora de dinar, ho rumiàvem tot en silenci. En tota aquella història ens volien donar garsa per perdiu.

5. Una estranya activitat

Només quan, després de dinar, em vaig tranquil·litzar, vaig ser mig conscient del perill que havíem corregut. Perquè si l'home del túnel hi havia sigut abandonat per algú (potser pel senyor Joan i el senyor Jofré), ell hauria pogut fer el mateix amb nosaltres o, en cas que ens hagueren descobert l'empresari i l'enginyer, no vull ni pensar què haurien pogut fer-hi. Em va entrar una tremolor de cos, que se'm va posar la pell de gallina. Però no vaig contar res a ningú de casa. Només al meu germà Roger, que tenia tretze anys.

—Saps, Roger? No ho digues als pares, però hem entrat en una cova de la muntanya dels Senglars...

—Òndia, tu, i per què no m'ho has dit?... —protestà.

—Perquè és molt perillosa per a tu, i tots érem ja majors... Saps? No hi hem trobat cap ratapinyada.

—No és cert el que contava l'avi? —digué una mica decebut.

—Dic que no n'hi hem trobada cap. Potser entren per algun altre lloc. Però hi passa un riu.

Va voler que li contara més detalls, però només li vaig dir que era un camí molt perillós i que no valia la pena tornar-hi.

L'endemà va caure una fortíssima nevada. Resultava impossible caminar per la muntanya. Això ens obligà a recollir-nos a casa i eixir-ne només per a anar a la biblioteca, que era el lloc de reunió als vespres.

El dia 27, passant fulls al diari, Quim, que era un devorador de revistes i periòdics, va fer un fort crit que féu girar la dotzena de lectors que hi érem. Després que la bibliotecària li cridara l'atenció, Quim ens va fer venir, a Juli, a Sergi i a mi, i ens va mostrar una notícia que venia a la columna del marge del diari.

—Fixeu-vos-hi —va dir tot esparverat.

«TROBEN MORT A L'INTERIOR DEL COTXE UN HOME QUE CREIEN DESAPAREGUT

La policia de trànsit ha trobat mort a l'interior del seu cotxe Jaume Valls i Puig, de quaranta-cinc anys, que havia tornat a casa divendres passat després d'estar quatre dies desaparegut. El cotxe l'ha descobert la policia al fons del barranc de Gralls. Es desconeixen les causes de l'accident, si bé se sospita que Jaume Valls i Puig, que no havia sabut donar raó de la seua sobtada desaparició, puga haver patit algun trastorn transitori.»

—Aquest és l'home que vam trobar a l'interior del túnel —vaig dir.

—Amb tota probabilitat —digué Quim—. Coincideix l'edat, els dies que segurament feia que havia desaparegut, i tots n'endevinem la raó... —i ens va mirar amb connivència.

—Açò pren un caire que no m'agrada gens —vaig dir—. Hauríem de denunciar-ho a la policia, perquè de trastorn transitori, no crec que n'haja patit cap.

—Torna-li! —exclamà Quim—. Ja m'agradaria poder anar-hi. Però, amb quines proves?

—Podem anar i identificar el cadàver —vaig dir.

—Ets boig! —cridà Sergi—. Què té a veure que nosaltres l'haguérem descobert dins el túnel amb el fet que ara l'hagen mort?

—Vam creure que algú l'hi havia abandonat perquè morira, no?... Els mateixos que ara l'han pogut estimbar —em vaig justificar.

—Ens demanaran proves —insistí Sergi.

I, de proves, no podíem aportar-ne més que les restes de cartutx, que segons Juli no constituïen cap prova, perquè n'havien pogut emprar per a dinamitar la roca del túnel. De manera que hi havia un cadàver que no podia acusar els seus assassins.

Una setmana més tard, mentre la neu cobria les muntanyes i el temps continuava tan rúfol, tot semblava oblidat. La premsa ja no feia esment del túnel. Va ser al principi d'any que Quim va córrer a dir-nos que la màquina excavadora i el camionet havien desaparegut de la boca del túnel.

—Els ho deuen haver embargat —va dir Juli.

—És molt estrany —va marmolar Quim.

—El què? —volia que li preguntàrem.

Ens va mirar fent l'interessant:

—Que hi ha una giragonsa de rodes inexplicable. Si jo agafe la màquina i el camió i me'ls emporte cap a la carretera, faig una línia de rodes, no?

I sense esperar que diguérem que sí, afegí:

—Doncs ací les rodes de la màquina i del camionet van i tornen a la carretera, s'acosten al túnel, tornen a la carretera i, pel que sembla, desapareixen dins el túnel, perquè amb la neu, no voldria jurar-ho...

Vam quedar corglaçats, i no era pel fred exterior que feia. Sinó perquè justament la vespra havíem estat comentant-ho. «Si han de traure l'or pel viarany per on vam entrar al riu, no els eixirà a compte», digué Míriam. Se'ns havia il·luminat el cor.

—Pretendran fer un minitúnel entre la runa —va dir Sergi.

—Els poden descobrir, si algun tècnic del govern penetra en el túnel per alguna raó —vaig dir.

—Ja s'ho faran. Sempre poden excusar-se...

—Fins i tot poden dir que ho fan per fer un bé... —rigué Míriam.

Vam decidir anar a veure aquelles empremtes, no perquè dubtàrem de Quim, que com a observador era el millor de la colla, sinó perquè podíem aportar alguna dada nova. Només vam poder comprovar el que havia contat Quim. Però les marques de les rodes cap a l'interior del túnel, si no eren clares era perquè algú semblava haver-les esborrades intencionadament.

—Com si algú haguera arramassat el terra! —va dir Juli.

El qui ho havia fet sabia què es feia. Però vam decidir no entrar més cap a dins no fóra cas que ens descobriren i llavors sí que ho llançaríem tot a perdre.

Vam quedar que vigilaríem si véiem cap moviment. De manera que dos dies després, que el temps havia calmat, des del terrat de ca l'àvia d'Erica, a qui vam fer saber els antecedents, vigilàvem per torns el túnel, ja que, com que la casa no tenia cap edificació davant, des d'allí, en podíem veure l'entrada. Però, per més temps que hi vam esmerçar, durant tres dies, que fins i tot el dia de Reis vam fer guàrdia, ni vam veure entrar ningú al túnel ni eixir-ne.

—I si entren pel forat de la cova? —digué Sergi—. També hi podríem vigilar, quan isquem de classe... Podem anar-hi i veure si hi ha els senyals que hi vam deixar.

No teníem altra alternativa. Podíem ferho al vespre, que era quan disposàvem de temps. I tots vam acceptar-ho, perquè sentíem tanta curiositat de descobrir l'entrellat de tot aquell afer, que no dormíem.

Però el que vam descobrir va superar totes les nostres previsions.

6. Els pinyetes i la cova prehistòrica

Qui menys esperàvem descobrir, aquell vespre, era el senyor Vicent. Va ser Míriam qui en girar el cap, va dir que algú venia i que ens havíem d'amagar. Ens vam llançar al petit barranc i ens vam amagar darrere uns esbarzers. A penes si recordava, jo, que el meu avi m'havia contat, abans de morir, que el senyor Vicent eixia de casa cap al vespre, vestit amb els pantalons de pana, la caçadora grossa de pell, la gorra de llana, descolorida, les botes de cuiro i el gaiato de fusta polida, amb mànec de plata. Talment com vestia quan el vam descobrir dirigint-se, pel mateix caminet que van seguir l'empresari i l'enginyer, dies arrere. El vam seguir, amb molt de compte, tot imaginant que potser faria cap al mateix punt. Però quina no va ser la nostra sorpresa quan uns cent metres abans, tirà per una senda inferior i continuà avant.

—On dimonis deu anar? —vaig dir.

La resposta la vam saber uns deu minuts després, perquè aleshores ningú la coneixia. El senyor Vicent arribà davant un penya-segat d'uns quinze metres d'alçada, va enfilar-s'hi uns quatre metres i per una mena d'escletxa, per on passà molt ajustat, va desaparéixer.

—Si no ho veig, no m'ho crec! —exclamà Míriam—. Aquesta muntanya és plena de forats i cada u hi troba el seu...

Ens va fer gràcia i vam riure.

—L'esperarem! —digué Juli, tot convençut.

—Potser agafarem fred —vaig dir.

—Com n'estàs tan segur? —em contestà molest.

—Perquè el meu avi em contava que dues vegades la setmana solia eixir de casa i que ningú l'hi veia tornar. Però que l'endemà al matí sempre tenia obertes les ventalles de la finestra de casa.

Van quedar tots admirats que sabera aquests detalls, jo. I aleshores els vaig haver de contar el que em deia l'avi.

—Si ix de casa dues voltes la setmana, vol dir que nosaltres podem entrar-hi la resta dels dies —va dir Quim.

—Doncs dissabte que ve al matí, ja tornem a ser ací —assegurà Sergi—. Ara anem i vegem què ha passat amb els senyals que vam deixar a la roca.

—Jo m'hi vull quedar una estona més —digué Juli.

—Sempre has de ser tu! —protestà Míriam—. Vigila mentre tornem.

Vam arribar on era la roca. La pedra que li vam deixar damunt, la vam trobar a terra, i la fulla de l'om, tota xafada i marcida.

—No hi ha dubte —vaig dir, mentre recollia la pedra de terra—. Deuen entrar per ací. Ara posarem un altre senyal.

Vam tornar on era Juli, li ho vam contar i ens hi vam quedar fins que el fred ens humí els ossos, perquè la lluna, que ens mirava sorneguera, no calfava gaire.

—Si no fores tan tanoca!... —marmolava Sergi contra Juli, de camí—. Si jo havia dit que tornàvem dissabte, per què sempre has de fer la contra?

Dissabte, com feia bo, vam dir als pares que eixíem a la muntanya. Ens acompanyava Erica que, coneixedora del nostre secret, desitjava arribar fins al final. Vam agafar el dinar perquè no volíem anar amb tantes presses com la vegada anterior. I a més dels estris necessaris, encenedors de gas, mistos i ciris, per si de cas entràvem més endins del que calia. En passar per davant de la primera cova, vam acostar-nos a veure el senyal que havíem deixat sobre la roca. I ja era a terra!

—Deuen treballar a preu fet —va dir Míriam.

Ens vam dirigir a la nova cova. No ens va ser difícil baixar pel penya-segat i passar per l'escletxa. A primera vista, el passadís que arrancava cap a dins de la muntanya no semblava de tan difícil accés. Davallava amb un pendent suau.

—Tan difícil que déieu que era el camí... —va dir Erica.

Amb més o menys pendent, usant a penes les cordes, ens vam endinsar més de set-cents metres. Fins que vam arribar en un punt que havíem de baixar penjats en corda. Hi havia un bon ixent de roca. Vam calcular uns setze metres de pendent. Com que les roques entraven i eixien, el descens no va resultar gens difícil. Vam agafar la corda que ens quedava i vam continuar avant. Cent cinquanta metres més endins, vam descobrir una gran cavitat, que semblava que s'eixamplava molt més, sobre un nivell de sis metres. Tenia un punt de fàcil accés. Ens hi vam enfilar. Vam arribar dalt, vam il·luminar amb els nostres llums la sala... immensa. I de sobte, vam sentir un xiscle, i cents de xiscles..., i un núvol de ratapinyades, grans com els corbs, que venien cap a nosaltres, ens passaven fregant el cap i tornaven a entrar a la sala. Joan Enric i jo, que havíem arribat els darrers, a més de l'ensurt que vam tenir, vam ser espentats per Juli i Erica i vam rodar els sis metres de roca avall... Pensava que m'hi quedava, perquè vaig rebre un fort colp al cap. Però va poder més la voluntat d'alçarme, perquè tenia por que aquelles rates voladores tornaren a venir cap a mi i perquè Joan Enric, amb el cos tot baldat, s'havia alçat.

—No fan res —va cridar Bernat—. Us heu fet mal?

—No... —vam dir com a dos valents Joan Enric i jo, tot tornant a enfilar-nos roca amunt.

Les ratapinyades ara volaven més tranquil·les. Fins i tot alguna s'havia penjat de la paret i ens mirava amb els seus negres ulls. M'hi vaig fixar bé.

—Tenia raó el meu avi —vaig exclamar.

—En què? —va preguntar Erica.

—Fixeu-vos en la cara... La tenen com la d'un xiquet entremaliat... Com si fóra la d'un «gremlin».

—És que no sé quina cara han de tenir —va dir Míriam—, perquè mai n'havia vist cap...

De sobte, aquella ratapinyada que ens mirava amb ulls intel·ligents vingué cap a nosaltres, simulà amb una destresa i una rapidesa mai vistes que ens atacava un per un. I se'n tornà al seu lloc, fent un seguit de xiscles.

—Està rient-se de nosaltres —va dir Juli.

—També ens ho faràs creure, ara —va dir Sergi.

Com si ho hagueren entés, aquells ratpenats van començar a xisclar tots alhora. I semblava que es reien de nosaltres. Fins que finalment van parar. Llavors vam començar a riure, nosaltres, perquè ens havia fet gràcia. I quina no va ser la nostra sorpresa quan ells ens van acompanyar en la nostra rialla, fins que vam pensar que ens havíem tornat bojos i vam parar. I també ho van fer ells.

—Jo me'n vaig! —exclamà Erica plena de por—. Aquests entenen el que volem!

Abans que ella, Quim ja havia girat cua. I llavors, el xiscle que van fer aquelles bestioles fou terrible.

—Protesten perquè es pensen que no us en fieu —vaig cridar a Erica a cau d'orella, perquè era l'única manera que em poguera sentir.

Quim i ella van quedar-se i aleshores va cessar el crit de les ratapinyades.

—Sí que ens entenen! —va marmolar Sergi.

—No són tan terribles com creu la gent —vaig dir en alt, per veure si ho entenien.

I tant, que ho van entendre, perquè van fer un xiscle general.

Vam escodrinyar la cova amb els llums. Era tan gran com mig camp de futbol. Grans roques penjaven del sostre. Però més cap al fons, el sostre es tornava una magnífica catedral, amb tot d'estalactites i d'estalagmites de color rosat. Ho vam recórrer meravellats de tot el que descobríem, perquè aquelles columnes formaven figures bellíssimes o fantasmagòriques que disparaven la nostra imaginació. Cada volta que fèiem un oh!, sentíem un muntó de xiscles, i jugàvem a fer oh!

—Vaja amb els pinyetes! —exclamà Erica.

—Com has dit? —va dir Míriam.

—Pinyetes... —va dir Erica.

Els ratpenats van fer un xiscle que simulava la rialla.

—De manera que els ha fet gràcia —va dir Joan Enric.

I a partir d'aquell moment els vam dir pinyetes.

Els vam caure bé, perquè un grup d'ells va començar a girar entorn nostre, com invitant-nos a seguir-los. Però ens duien cap a l'interior de la cova, i nosaltres no acabàvem de veure-hi cap eixida. Fins que un d'ells es va posar entre dues columnes calcàries i ens vam fixar que hi havia, darrere una roca, una ampla escletxa. Vam entrar-hi. El passadís, en comptes de seguir un pendent cap avall, tal com ens pensàvem que havia de fer, ho feia cap amunt.

—Com si tornàrem cap a fora —vaig dir.

Però no sé per què vaig parlar, ja que al cap d'uns deu metres, en girar una roca, va aparéixer davant nostre una altra cova. No tan gran com l'anterior, però immensa. El grup de pinyetes la va recórrer, llançant forts xiscles. Era quasi tot roca.

—Per què ens hi deuen haver dut? —vaig dir.

—Volen ensenyar-nos casa —va bromejar Quim.

En mala hora ho va dir, perquè dos dels pinyetes es van dirigir cap a ell, que s'hagué d'apartar.

—Ei, ei, que era broma, tu! —va cridar.

La resta dels pinyetes va llançar xiscles d'aprovació. Perquè realment, no era ensenyar-nos casa el que els pinyetes pretenien. O almenys de la manera com imaginàvem, perquè no vam tardar a trobar a terra el que resultà una prova evident de restes humanes. Les va descobrir Juli.

—Açò és el cor d'una poma, mireu!

El vam rodejar. No es creia el que tenia a les mans.

—És ací on ve el senyor Vicent —exclamà Bernat.

Ens n'havíem oblidat, d'ell, amb la descoberta dels pinyetes.

—Aquest cor de poma no té ni tres dies —vaig dir—. Potser ara podrem saber a què ve i què fa ací.

No vam tardar gens a descobrir-ho. Perquè, quan ens vam acostar a les parets de roca, amb els nostres llums vam il·luminar tot de figures policromades d'animals!

—Són pintures d'art rupestre! —cridà Quim amb una emoció que la veu li féu figa.

Ens vam llançar a observar aquelles pintures. I en descobríem tot al llarg de les parets de roca. Des del bisó, fins al cérvol, el cavall o l'ós...

—Açò és un santuari de la pintura rupes-

tre —exclamava Juli, posant l'èmfasi en la paraula santuari, que no li cabia més emoció.

—El molt pillastre, se'l guardava per a ell sol! —exclamà Bernat.

En aquell moment vam sentir el soroll d'una pedra que esvarava pel fons de la sala. Dos segons més tard n'hi queia una altra de més menuda.

—I si algú ens ha seguit? —vaig marmolar.

7. L'estrany metall

Quan vaig insinuar que algú ens havia pogut seguir, tots ens vam espantar, perquè ignoràvem si podia venir amb bones o males intencions. Perquè, o bé podia ser el senyor Vicent, de qui desconeixíem el caràcter, o bé podien ser el senyor Joan i el senyor Jofré, que no anirien amb contemplacions si sabien que havíem descobert el riu.

Va ser Quim el que va dir:

—Vaig a veure.

—No hi vages —va cridar Erica.

Però ell anava decidit cap al fons de la sala. La resta el vam seguir unes passes darrere. Hi va trobar una escletxa mitjana i escoltà parant l'orella.

—Diria que he sentit unes passes —va dir poc després.

Aleshores sí que ens vam espantar.

—Ja saben que ho sabem —va dir Bernat.

—Però, qui ho sap? —va dir Míriam.

—Per què no el seguim?... Perquè si fuig, és que no ens pot fer res —va dir Juli alhora que feia unes passes cap a l'escletxa.

—Però, perdrem les cordes —va dir Quim—. Penseu que hem vingut per un altre costat i que no sabem si per ací trobarem el camí...

—Quan el voldrem seguir, ja haurà eixit a fora —vaig dir.

Els pinyetes van començar a cridar com si ens donaren ànims a seguir. De manera que ens vam llançar darrere les passes del presumpte espieta. L'escletxa es tornava més ampla uns metres més endins. A banda i banda tot era roca, amb badalls de terra rogenca. De tant en tant, paràvem per veure si sentíem les passes a prop. Semblava que ens arribava una remor lleugera. I seguíem amb tota precaució. Fins que vam sentir esvarar una altra pedra, a una distància no molt llunyana.

—Ja el tenim! —marmolà Míriam, amb alguna por.

Plens de nerviosisme, vam resseguir el camí.

Uns cent metres més avant va aparéixer una sala mitjana. Tenia una banda de paret de roca i l'altra de terra i roca. No vam tenir massa temps de mirar si també hi havia pintures rupestres, perquè davant nostre s'obrien tres camins. Un que baixava en pendent, a l'esquerra; un segon que continuava ascendent, al centre; i un altre que giragonsava sobre si mateix i semblava que tornava cap a l'interior de la cova.

Aleshores vam pensar per quina de les tres escletxes el podíem seguir.

—No ha pogut baixar per aquest pendent —va dir Sergi, després de mesurar-ne la profunditat.

—I tu, què saps? —va respondre Juli.

—No comencem! —va tallar Erica—. Trobe que deu haver seguit el més fàcil, si volia fugir.

I va assenyalar el del centre. De manera que el vam seguir ràpidament, perquè no tenia cap desnivell que haguérem de superar amb dificultat. Però uns dos-cents metres més avant ens vam trobar a l'eixida de la cova. Era una eixida molt estreta, de manera que una persona un poc gran no podia entrar ni eixir.

—No és per ací que ha fugit —va dir Míriam.

Però Quim es va esmunyir per l'escletxa d'eixida arrapant-se a la paret. Al cap d'una estona, amb els peus per davant, va tornar a entrar-hi.

—No he vist ningú —va dir—. Però aquesta eixida deu estar almenys un quilòmetre més al nord d'on hem entrat.

—Deu haver fugit per la tercera boca —va dir Bernat.

—I doncs, què esperem? —vaig dir mentre tornava arrere.

I vam tornar a la cova anterior. Vam resseguir aquell camí que feia giragonsa sobre si mateix i vam començar a descendir. Erica no va tardar a descobrir que el perseguit havia fugit per ací, perquè hi havia una pedra i una altra que estaven capgirades.

—Anem bé —va dir. I ens vam mantenir en silenci, mentre avançàvem ràpidament. De tant en tant, paràvem per veure si sentíem algun soroll de passos o pedres que redolaren. Al cap d'uns cent metres, aquell submón començava a ser diferent de tot el que havíem vist amb anterioritat. La roca esdevenia granítica. Més tard es tornava de color blau cobalt. I així, com si caminàrem a peu pla, vam recórrer més de mig quilòmetre. Fins a arribar en una esplanada de roca entre daurada i rogenca. Vam mirar bé cada racó per si de cas hi havia la persona que buscàvem. Però no n'hi havia ni rastre.

—Molt estrany, no? —va dir Juli—. Aquest home s'ha esfumat.

—Ara ja l'hem perdut —va dir Quim—. No sé si convé seguir-lo. Ens podem perdre.

—Si hem d'abandonar la persecució, podíem menjar —va dir Míriam—. Tinc gana i no hem fet ni un mos.

Vam mirar el rellotge i eren les dotze. No havíem pensat ni en l'esmorzar. De manera que ens vam menjar, asseguts sobre les roques, l'esmorzar i el dinar, perquè la gana se'ns va despertar de colp.

Mentre esmorzàvem, vam admirar el color i el misteri d'aquelles roques. I en vam quedar meravellats amb el seu color metal·litzat.

—No sé si hem vist mai una roca com aquesta —va dir Míriam.

—Podem agafar-ne una mostra —va dir Bernat.

I vam buscar algun tros de roca per terra. Però haguérem de trencar-ne un, perquè a terra no n'hi havia cap.

Vam seguir esmorzant en silenci. Era meravellós, quan deixàvem de parlar, el silenci que hi havia allí dins. I l'espectacle d'aquelles roques.

—Tenim un muntó de problemes per solucionar —va dir Juli de sobte.

—Quins? —vaig dir estranyat.

—La mort del senyor Jaume, que no em direu que no és coincidència; el comportament del senyor Joan i del senyor Jofré, amb la descoberta de l'arena d'or que han fet; els estranys pinyetes, que saben quan s'han de riure d'algú; i les pintures rupestres que amaga el senyor Vicent. Us sembla poc? —va dir orgullós d'ell mateix.

—No sé com ens en sortirem —va marmolar Bernat—. De segur que ens pengen!

—Home, tu... —vam protestar.

Encara ignoràvem que ens faltava per descobrir un dels misteris que més problemes ens duria.

Perquè després que vam esmorzar-dinar, vam continuar per una de les dues eixides que tenia l'esplanada. Cap a la dreta. Tornava a haver-hi pendent. És a dir, que baixàvem de nou cap al centre de la terra. La roca no deixava de tenir el mateix color, si bé, de vegades, es tornava més blavós. Com argentat. El camí s'estretia, s'eixamplava, fins que vam arribar en un punt per on a penes si podíem passar. A l'altra banda ens semblava sentir els xiscles dels pinyetes. Allò ens animà a fer un esforç, i traient-nos el màxim de roba, vam poder passar a l'altra banda del corredor.

Resultà espectacular. Meravellós. Era un pou profund però amplíssim. Tot de roca daurada i rogenca. Es podia descendir almenys uns vint i tants metres a peu pla, si s'hi anava amb compte. Quim, Juli i Míriam van decidir baixar-hi sense que ho haguérem decidit entre tots.

—És fantàstic —deia Quim—. Des d'ací baix, l'espectacle de les roques és meravellós.

De sobte, però, vam tornar a sentir els xiscles dels pinyetes. I un muntó d'ells que eixien i volaven per tot el sostre de la cova. Els tres amics es van espantar, però els pinyetes no duien cap mala intenció.

—N'hi ha pertot —vaig dir. En veure que no eren cap perill, Erica i jo vam decidir baixar just en el moment que Juli va fer un crit espantós, perquè va esvarar i va agafar, en un instint de conservació, Míriam i Quim, que eren al seu costat, i tots tres van perdre's pendent avall, fins que vam sentir el soroll sec dels seus cossos al fons del pou. Si ens punxen, no ens trauen sang! Perquè ens vam quedar corglaçats, tement el pitjor.

El silenci que es va produir fou tan gran, que vam arribar a sentir el batec dels nostres cors. Només al cap d'uns segons, vam sentir la veu de Juli que cridava, tot queixant-se. I la de Míriam, i la de Quim.

—Trobe que no ens hem trencat res —va dir Míriam per intentar calmar-nos.

Aleshores vam sentir una gran alegria, perquè, almenys, eren vius. Vam agafar la corda que ens quedava a mà i vam baixar fins al lloc on havien esvarat, amb compte de no fer-ho nosaltres.

Quan vam estendre la corda i vam il·luminar el fons del pou amb les llanternes, ens vam adonar que faltaven més de tres metres per a arribar-hi al final. I ens va entrar un gran espant, perquè les roques eren llises i no hi havia manera que ells pogueren aconseguir la corda. Quim intentà fer-se llum amb la llanterna, però no ho aconseguí perquè s'havia trencat amb la caiguda.

—Tireu-nos una altra llanterna —va dir Juli, evidentment esglaiat—. Almenys veurem si hi ha manera de poder pujar.

—Si us la tirem, també es pot trencar, i no estem per anar trencant-ne —va dir Bernat.

—Us podem tirar dos encenedors i els ciris, que són més fàcils d'entomar —vaig dir—. D'ací us il·luminarem.

—Feu el que vulgueu, però de pressa! —va cridar Míriam.

Els vaig llançar l'encenedor que jo duia i

dos ciris, i els van entomar. I després, el que duia Joan. Però la nostra sorpresa no tingué límits quan, cada volta que intentaven encendre'ls, s'apagaven.

—Que no hi ha manera! —va cridar Juli.

—Si són plens de benzina! —vaig cridar.

—Ja ho sé, però s'apaguen. Què vols que hi faça?

—Dus —va dir Míriam mentre agafava l'encenedor a Quim. I el va intentar encendre, sense cap resultat positiu.

—Que estrany! —vaig dir. Perquè els pinyetes que van eixir del pou bé devien respirar. I els nostres amics també ho fan.

—Ací deu haver-hi algun gas estrany —no va tenir Joan Enric un altre pensament.

—I aneu a deixar-nos morir? —digué Míriam amb una veu que pretenia ser irònica, però que no amagava els seus dubtes.

—Ja hauríeu mort, dona —va dir Erica.

Vam deixar-nos de bromes, perquè no hi havia manera de poder-los traure del pou, i vam pensar d'anar a recuperar un tros de la corda que havíem deixat en un dels pendents, perquè sabíem que podíem eixir de la cova sense que la necessitàrem, pel nou passadís que havíem descobert poc abans.

—Ens costarà quasi dues hores —va dir Joan Enric—. Això si no ens perdem —va mig bromejar.

—Jo sé com arribar-hi —vaig dir.

S'hi van quedar Erica i Joan Enric, i Bernat i jo vam refer tot el camí fins a arribar on havíem deixat penjant la corda que probablement hi havien deixat el senyor Joan i el senyor Jofré. Vam tardar una hora i quart. Vam tallar uns vuit metres de corda i vam tornar ràpidament. Mitja hora més tard, els nostres amics tornaven a ser amb nosaltres. Però la nostra sorpresa va ser gran quan Quim intentà encendre de nou l'encenedor, i s'encenia. I també l'altre.

—No ho entenc —va dir Míriam—. Ací dins no s'encenien.

—Perquè devíeu estar nerviosos —va dir Erica.

I cada vegada que volíem, encenníem els encenedors.

—No és possible —va dir Juli, més tranquil però visiblement molest perquè havia quedat en ridícul—. Si m'hi voleu baixar...

Hi hagué una mica d'oposició, però s'hi va entossudir. I carregat amb els encenedors que dúiem, dos ciris i la capseta de mistos, l'hi vam baixar. Una vegada que era al fons, debades va intentar encendre cap encenedor, ni els mistos, ni tampoc els ciris...

—Puja-te'n, boig! —cridà Erica.

I el vam pujar cap amunt, per por que s'asfixiara, com si no hi haguera passat a dins prou de temps, abans.

—És un gran misteri, açò, no? —va dir Juli—. Per quins dimonis no s'encenen els ciris? Deu ser per falta d'oxigen?... Però nosaltres no ens hem asfixiat! Si hi ha oxigen, han d'encendre's... I si no n'hi ha, nosaltres ens havíem d'haver asfixiat —va concloure.

—Potser és un gas que impedeix que els ciris s'encenguen... Pensa que també hi ha pinyetes, i no s'hi asfixien —va dir Quim.

Però allò no acabà de convéncer Juli. Segons les lleis que ell havia estudiat, un ciri no s'encén, o s'apaga, si no hi ha oxigen, i tota la resta eren històries.

—Aquestes roques metàl·liques, no les havia vistes enlloc —va dir finalment.

Aleshores, va descendir fins a prop d'on abans havia esvarat i va agafar uns altres trossos de roca, com els que hi havia al fons del pou.

—Faré les meues proves —va assegurar.

I vam emprendre el camí de tornada, perquè no hi havia cap escletxa per on poguérem continuar el camí, més enllà d'on érem. Entre tot, s'havien fet ja les cinc de la vesprada i havíem de regressar. I ho vam fer ben cavil·losos. El misteri del pou i d'aquelles roques que Juli havia agafat, no tardaríem massa a descobrir-lo.

8. Uns resultats sorprenents

Uns dies després, però, i mai vam arribar a saber quin membre de la colla havia filtrat la notícia, va córrer el rumor que s'havia descobert una cova a la muntanya dels Senglars que era un autèntic santuari de l'art rupestre. Fins i tot la paraula santuari, recordava jo, havia sigut emprada per Juli. La qual cosa no volia dir que haguera sigut ell. I així ho va assegurar després que ens vam reunir per saber què havíem de fer, si comunicar la descoberta a les autoritats o seguir mantenint el secret fins que aclarírem tantes coses com hi havia per aclarir. Tots vam pensar que era millor prendre-s'ho amb calma, perquè a més de l'arena aurífera, hi havia el misteri de les roques.

Fóra com fóra, tot es va precipitar ràpidament. Uns ulls, que es van posar a l'aguait, com els del falcó, estarien amatents a qualsevol lleuger moviment.

Mentrestant, Juli no havia perdut el temps. Tal com havia promés, havia començat a fer els seus experiments. Ens va cridar a sa casa dissabte a la vesprada. Ens va fer passar a la seua habitació, que era gran i en la qual tenia la taula d'estudi.

—Seieu —ens va dir com qualsevol investigador dret i fet.

Vam seure, uns en les dues cadires que hi havia i la resta sobre el llit.

Sense dir cap més paraula, Juli agafà un plat, hi posà un dit d'aigua, hi plantà un tros de ciri, l'encengué i ho tapà tot amb una formatgera de vidre. Naturalment, el ciri, al cap d'uns segons, es va apagar.

—Ja sabeu que si no hi ha oxigen, no hi ha combustió —va dir.

—Això ja ho sabíem —va respondre Quim.

—Ja sé que ho sabíeu, però una demostració s'ha de fer partint des del principi i pas a pas, perquè siga evident i demostrable, xicot... Una vegada hem demostrat que dins la formatgera ja no hi ha oxigen, és quan podem continuar la segona part de l'experiment. Vull dir que qualsevol animal aerobi necessita l'oxigen per a continuar vivint, no?

Ho vam afirmar amb el nostre silenci, perquè resultava ben evident.

Es va dirigir cap a una capsa i en va traure un ratolí.

—M'ha costat caçar-ne uns pocs —va dir. I el va deixar de nou a la capsa.

Ens vam estranyar, ja que no sabíem per

què ho havia fet. Però ben prompte ho vam entendre. Tenia una safa damunt la taula. I en ella hi havia tres dits d'aigua i un tros de suro. Va fer una operació semblant a l'anterior, amb un ciri més alt. Quan aquest es va apagar, va tornar a agafar el ratolí. Alçà la formatgera, sense deixar que hi penetrara gens d'aire, i per sota de l'aigua va ficar-hi el ratolí, que de seguida es posà sobre el tros de suro.

—Fixeu-vos-hi. No tardarà a donar senyals d'asfíxia —va comentar.

Així va ser. El ratolí tenia símptomes que la vida se li anava apagant. Però, quan ja semblava irremeiable, Juli el va traure i el ratolí tornà a espavilar-se ràpidament.

—No sóc tan cruel —va marmolar—, encara que de vegades cal sacrificar algun animal pel bé de tothom —va sentenciar.

No sabíem on podia portar-nos tot allò que fins aleshores resultava evident. Però enmig d'aquest dubte, Juli va traure del calaix un tros de roca. Era el tros de roca que havia agafat del pou. Va deixar dins la safa el tros de roca. Va encendre de nou el ciri i ho tapà tot amb la formatgera. El ciri, ràpidament, tornà a apagar-se.

—I ara, què? —va dir Bernat.

Juli va callar. Es dirigí cap a la capsa i en tragué un altre ratolí. Repetí l'operació, no permetent que entrara oxigen a l'interior de la formatgera, i el ratolí buscà també el suro per posar-s'hi. La nostra sorpresa fou gran quan, ara, aquell ratolí, inexplicablement, no feia cap mostra d'asfíxia. I així va passar un minut, i després cinc, i el grau de sorpresa anava en augment, fins que el ratolí es desesperava d'estar tant de temps dins la formatgera sense que li traguérem els ulls de damunt.

—Quina explicació deu haver-hi? —va tallar Míriam el nostre mutisme. Perquè havia intuït que l'estona que ella va estar dins el pou necessitava una explicació.

—No sé encara quina és l'explicació, perquè no puc saber la composició d'aquesta roca... —digué Juli—. Però resulta evident el que va passar a l'interior del pou, xicots... Els encenedors i els ciris no s'encenien perquè no hi havia oxigen. És a dir, que haguéreu mort si no arriba a ser per les propietats d'aquesta roca... Aquesta roca és capaç de mantenir vius els éssers en un medi anaeròbic! Ací en teniu la demostració! No hi ha gat amagat, vosaltres mateixos n'heu sigut testimonis. Aquest ratolí ja hi està viu uns deu minuts, i hi estaria fins demà... Ho he experimentat i comprovat durant tots aquests dies...

—Aquesta descoberta pot revolucionar el món! —exclamà Quim, vivament emocionat.

I el seu entusiasme se'ns va contagiar i ens va córrer a tots una emoció per l'espinada, perquè, realment, aquesta troballa feta tan casualment podia revolucionar tants conceptes sobre la vida dels éssers vius que no sé si vam arribar a ser-ne conscients.

—Mare meua, si això és així —només pogué exclamar Erica.

Vam haver de traure el ratolí del seu lloc, perquè s'havia posat nerviós i s'havia tirat a l'aigua per buscar una eixida.

De sobte em va venir al cap la llegenda, o el misteri, que envoltava la família dels Serratosa. Tenia alguna cosa a veure la incorruptibilitat dels seus difunts amb les propietats d'aquesta roca? I no vaig poder estar-me de dir-ho en veu alta:

—No sé si sabeu que hi ha una llegenda que assegura que els difunts de la família Serratosa es mantenen incorruptes... Dic jo si algú deu haver descobert les propietats d'aquesta roca abans que nosaltres i les usa en profit seu, exclusivament...

Vaig haver d'explicar aquella llegenda, naturalment. I ara sí que els vaig deixar a tots intrigats.

—Podem comprovar-ho —exclamà Juli.

—I com? —va dir Joan Enric.

—Com?... —deixà la pregunta en l'aire Juli.

—Perquè no deveu voler que profanem les tombes —continuà Joan Enric—. M'hi negue.

—És fàcil —va dir Míriam—. Matem un d'aquests ratolins i enterrem-lo amb un tros de roca al seu costat... Prompte sabrem si es podreix o no...

—És una possibilitat legal —es justificà Joan Enric.

—I per què hem de matar un ratolí? —va intervenir Erica—. M'hi negue. És millor que comprem un pollastre ja mort, o un conill, i que mirem si es podreix o no... Al cap i a la fi, si aquesta teoria és certa, dic jo que primer deu haver mort la persona, abans de soterrar-la amb la roca aquesta...

I aquella idea ens va semblar més apropiada. Compraríem dos pollastres i dos conills sencers, ja morts. Dos els colgaríem dins d'una capsa sense cap tros de roca, i els altres dos, amb un tros de roca. I el temps diria.

I aquell mateix vespre vam anar a la carnisseria de la senyora Teresa i ho vam comprar. Quan la senyora Teresa ens va preguntar «per què voleu tanta carn, xicots?», li vam respondre que l'endemà faríem una paella de conill i pollastre.

Abans que la carn, encara fresca, entrara en descomposició, la vam ficar en quatre capses, dues amb un tros de roca i les altres dues sense, tal com havíem quedat. Vam anar al bosc, hi vam fer quatre clots, ben fondos i separats els uns dels altres, i hi vam colgar les capses.

—Ara cal que esperem uns quants dies —va dir Juli.

L'endemà, diumenge, arribà de bell nou un grapat de gent al poble. Els que venien cada diumenge, perquè hi tenien les arrels i els que buscaven les estacions de neu. Però dilluns no tothom havia retornat a sa casa. En un dels hotelets es va allotjar un xic jove. Ho vam saber perquè no tardà a interessar-se, no amb alguna despreocupació, si era cert el rumor que havia corregut sobre la descoberta d'una cova que contenia pintures de l'art rupestre. Algú li havia assegurat que era cert que hi havia corregut tal rumor, però que no hi havia res. Allò no el va desanimar. I, com que era un jove molt perspicaç, no tardà a descobrir la singularitat d'un personatge com el senyor Vicent. Va decidir visitar-lo, una volta va obtenir la informació desitjada. Va intuir que si algú podia conéixer l'existència d'una cova d'art rupestre, havia de ser un personatge com ell. La sort no l'acompanyà, o això va creure, perquè el senyor Vicent no era a sa casa.

—Ha eixit fa un quart d'hora —va informar-lo la veïna.

—I no sap si tardarà? —demanà el jove periodista.

—Sempre torna de matinada —respongué ella.

—Que se n'ha anat cap a la muntanya? —preguntà ell.

—Sí senyor, ara hi va cada dia...

—Vaja...

I el jove periodista apressà el pas cap a la muntanya dels Senglars, perquè l'havien informat que el senyor Vicent acostumava a fer-ho dues voltes la setmana. Vint minuts més tard, quan començava a pujar per un caminet estret, mig amagat pel coscollar, el va veure. El jove periodista s'aturà un moment i el seguí a distància, ocultant-se darrere un arbre o ajupint-se entre els brucs. Fins que el senyor Vicent arribà a la boca de l'escletxa i entrà dins. El jove periodista s'hi va acostar, però no disposava de mitjans per a arriscar-se a seguir-lo. Va prendre bona nota de la situació de l'escletxa i regressà al poble ben decidit a mantenir una llarga estrevista amb tan esmunyedís personatge.

Com feia fred i humitat, hagué de ficar-se al cotxe, enfront de la casa del senyor Vicent. Va connectar la ràdio per no adormir-se i perquè l'espera no es fera tan llarga. Així i tot, no va poder evitar que la son el vencera durant uns minuts, i només la seua susceptibilitat l'avisà que algú havia rodat la clau al pany. Encara era de nit. A punt de trenc d'alba. Va saltar del cotxe, sense tancar la porta per no cridar l'atenció del senyor Vicent.

—Bona nit —li va dir mentre es posava darrere seu, a l'entrada de casa—. O bon dia, si més no... —va bromejar.

El senyor Vicent féu una gran cara d'espant. En veure aquell jove, encara amb el semblant de son, que havia penetrat a sa casa tan inesperadament, reaccionà violentament, alçant el puny en l'aire.

—Ei, ei, que vinc en to de pau, senyor Vicent...

Quan el senyor Vicent va sentir el seu nom i s'adonà del posat inofensiu d'aquell jove, es calmà una mica.

—Sóc Miquel Ferrerons, senyor Vicent. I sóc periodista. Només volia xarrar amb vosté uns minuts, per favor...

—Un periodista?... I per què dimonis vull parlar jo amb un periodista? —protestà el senyor Vicent, vivament contrariat.

—Ja sap que hi ha hagut rumors últimament i...

—Rumors?... —es va sorprendre el senyor Vicent, fent el distret.

—Sí, uns rumors sobre certes troballes... —va dir Miquel Ferrerons amb un to molt significatiu.

—Unes troballes, diu? Quina classe de troballes, jove?

—Això voldria saber, jo...

El senyor Vicent se'l va quedar mirant, dubitatiu.

—Tinc entés que té a veure amb l'art rupestre.

—Sobre l'art rupestre, diu?... —va fer una ganyota forçada—. Però, passe, per favor... Vosté mateix em podrà informar sobre aquests rumors... —el va invitar el senyor Vicent a entrar.

El periodista va passar a la saleta.

—Prenga cadira.

Miquel va seure en un sofà de cuiro, que havia envellit més pel pas del temps que per l'ús que se n'havia fet. La saleta era plena de prestatgeries, sobre les quals hi havia diferents tipus de fòssils, més grans i més menuts. També hi havia mitja dotzena de quadros de temàtica única: animals pintats amb traç prehistòric.

—Que els ha pintat vosté? —va dir Miquel Ferrerons fixant la mirada en un d'ells.

—Diguem que sí... —va respondre el senyor Vicent.

—Pertanyen al paleolític superior.

—Sí...

—Són còpies de la cova d'Altamira o bé són... —va insinuar el periodista, tallant la frase conscientment.

El senyor Vicent va fer el desentés.

—Quins són els rumors que corren? —va donar per tota resposta el senyor Vicent.

—Precisament que algú ha descobert una cova pels voltants del poble, precisament d'art rupestre, com li he dit adés.

—Veges quina casualitat —marmolà el senyor Vicent.

—Com ha sigut casualitat que vosté vaja a visitar certa cova dues voltes la setmana —li amollà el periodista, conscient de l'impacte que podia causar en el senyor Vicent.

Aquest va acusar l'impacte. Mudà la cara i restà sense saber què dir.

—Que vaig a visitar una cova dues voltes la setmana? D'on ha tret aquesta història, per favor? Com ho sap vosté, tot això? —va preguntar finalment.

—Sóc periodista. La meua missió és esbrinar i comprovar cada notícia. I més una com aquesta... Han passat coses molt rares i estranyes aquests últims mesos, no troba? —tornà a insistir Miquel Ferrerons.

—No tinc massa contacte amb la gent d'aquest poble —va dir el senyor Vicent—. Ja sap. Primerament era un poble de ramaders i ara només pensen en la pela que els pot dur el turisme; no pensen en res més. Per a ells, la bellesa que els envolta no existeix. Què es pot esperar d'una gent així, eh?

Miquel Ferrerons va quedar sorprés d'aquesta protesta que no feia al cas, però que indicava que el senyor Vicent devia estar ressentit contra la gent amb la qual convivia. O coexistia, més aviat.

—No sé què pensen de la bellesa que els envolta... Però sí que és evident que, des que es van iniciar les obres del túnel, estan passant coses rares... Algú està impedint que aquestes obres arriben a bon terme... Però deixem-ho córrer, ara. M'interessa la troballa, el rumor —va corregir el periodista—, sobre la cova d'art rupestre.

—Doncs vosté sabrà d'on ha eixit aquest

rumor —seguia el senyor Vicent—. Un café? —va invitar inesperadament el periodista—. Sempre que arribe a casa al matí, me'n faig un, m'entén? Però amb la notícia d'aquests rumors...

—Sí, crec que m'anirà bé un café —va dir Miquel Ferrerons.

El senyor Vicent va eixir un moment i no tardà a tornar amb un termos de café i dues tasses. Va traure la sucrera i dues culleretes de l'armari que hi havia a la saleta.

—Vosté mateix —va dir alhora que li indicava la sucrera.

Miquel Ferrerons es va servir una sola culleradeta, perquè preferia sentir lleugerament el sabor del café amarg.

—Deu ser un camí molt dolent —va marmolar.

El senyor Vicent se'l quedà mirant interrogativament.

—L'accés a la cova —continuà el periodista, com si parlara amb ell mateix.

—I com ho sap? — el senyor Vicent féu uns ulls com unes taronges.

—L'hi he vist entrar més d'una vegada —va mentir Miquel Ferrerons.

Per poc que no li cau la tassa del café de les mans, al senyor Vicent. Mostrà l'impacte a la cara. Una cara tensa, uns ulls grans i espantats.

—Li ho han dit ells, no? —va mostrar que es rendia.

—Sí —va mentir el periodista.

—Sabia que el secret que tants d'anys he guardat era qüestió de dies, des que aquests mocosos van entrar a la cova...

—Un grapat de nanos... —va arriscar-se a deduir Miquel Ferrerons.

El senyor Vicent va assentir amb el cap. Féu un gest de resignació forçada i continuà.

—Vaig observar que la senda que mena a la muntanya dels Senglars estava darrerament molt transitada. Per a un observador com jo, qualsevol detall no passa desapercebut. Però em consolava de pensar que les petjades acabaven uns cents de metres abans d'arribar a l'entrada que vosté diu que ha descobert. Però fa uns dies vaig quedar glaçat. En agafar la senda que mena a la cova, vaig notar, per la humitat del terra, que hi havia petjades que es dirigien des de l'eixida de la cova cap al poble. Em vaig proposar que esbrinaria què podia haver passat. Vaig entrar dins la cova i no hi havia cap senyal de res. Ningú havia entrat encara dins. Però tampoc no podia dormir tranquil. Sabia que els caps de setmana, quan la gent té lliure, podia qui fóra tornar-hi, encuriosit. I així ho vaig fer. Dissabte vaig tornar a la cova. Hi havia petjades encara recents. Quina no va ser la meua sorpresa quan en entrar dins la muntanya, trobava més i més senyals que algú, per no dir alguns, m'entén?, havia descobert un secret fins ara ignorat. En arribar a un cert punt del corredor, però, les petjades es dirigien en un altre sentit. Vaig respirar una mica tranquil. Podia ser que tot fóra una casualitat. Em vaig dirigir a la sala de la cova. No hi havia cap senyal de res. M'hi vaig quedar per saber si aquell grup de persones que havia entrat dins les entranyes de la cova descobria aquesta sala. Va passar una llarga estona. De sobte vaig sentir el xiscle de les primeres ratapinyades que arribaven ben escarotades. Vaig témer el pitjor. Efectivament, amagat darrere una escletxa, vaig veure entrar a la cova un grup de sis o set xicots, envoltats per cents de ratapinyades. No van tardar a descobrir les pintures.

Miquel Ferrerons va posar els ulls en aquells quadros, que ara tenien un valor afegit. Eren la primera mostra del que amagava la cova.

—He de dir que en van quedar admirats —va dir complagut el senyor Vicent—. Es nota l'educació que han rebut...

El senyor Vicent va fer una pausa. Acabà de beure's el café. Es torcà els llavis amb el dors de la mà. Amb un lleu somrís, digué:

—Van endevinar que era jo... Que perspicaços, no?

—Sí, són molt intel·ligents —corroborà el periodista.

—Ja veig que li ho han dit... Van descobrir el cor de la poma que jo m'havia menjat últimament...

Miquel Ferrerons no volia desmentir la creença del senyor Vicent.

—Bé, després es van adonar, per uns sorolls que vaig fer, que hi havia algú espiant-los i em van perseguir per la cova... Vaig aconseguir escapolir-me'n, ja li ho deuen haver contat... —acabà el senyor Vicent.

—I ara, què? —demanà Miquel Ferrerons.

—Caldrà veure la manera de preservar-la —digué amb geni el senyor Vicent—. No podem exposar-nos que passe el que ha passat a les coves d'Altamira!

I començà a detallar el muntó de coses que podia perjudicar aquelles pintures.

—Cal conservar-les en el seu medi natural! —exclamà.

—M'agradaria col·laborar amb vosté, senyor Vicent, i certament compartesc part de les seues idees. No podem convertir la cova en un lloc que visite tothom descontroladament. Però haurem de donar-les a conéixer al món, ja que són patrimoni de tots... M'agradaria visitar la cova un dia d'aquests, si no li sap greu —va dir Miquel Ferrerons.

—Què li sembla despús-demà, diumenge? —digué el senyor Vicent.

—A primera hora del matí?

—Sí, ben enjorn. Tindrà molt per veure —marmolà el senyor Vicent.

9. Atrapats dins la cova

Mentrestant, aquells que tenien també els ulls ben oberts no perdien el temps. Juli va insinuar, perquè li va entrar no sabia quin dubte, si tot allò que li havia passat dins el pou era cert o havia sigut una al·lucinació.

—M'agradaria tornar-hi i repetir l'experiència, però amb algú més dels que l'altre dia us en vau quedar fora —va dir.

I tant va insistir (no calia que ho fera tant, perquè en el fons tots desitjàvem tornar-hi), que diumenge ben enjorn vam eixir tots cap a la cova. Uns dos-cents metres abans d'arribar-hi, vam descobrir el senyor Vicent. Però no anava sol.

—L'acompanya el periodista, aquest —va dir Míriam.

—El deu haver fet cantar —vaig dir.

—Haurem d'entrar per la boca antiga —va dir Quim—. Haurem de fer un poc més de volt.

—Doncs hi entrarem. Siga com siga, nosaltres a la nostra i ells a la seua —digué Joan Enric.

—Tampoc estaria malament que, després que repetírem la nostra experiència, aguaitàrem una mica a la cova... —intervingué Erica.

—I que ens descobresquen, no? No saps que els pinyetes es posaran a xisclar?...

Com que no hi hagué massa acord, vam entrar per la primera boca de la cova i ens vam dirigir, ara més ràpidament, cap al pou de la roca misteriosa. Els pinyetes, en descobrir-nos de nou, van tenir una gran alegria, que no ens deixaven preparar les cordes, vinga fer voltes entorn nostre, que no sabíem d'on n'havien eixit tants. No s'espantaven del foc dels ciris, ni del dels encenedors, perquè vam provar d'encendre'ls abans de baixar al pou. A poc a poc, els pinyetes van alçar el vol i vam poder baixar cap al fons i preparar les cordes perquè Erica, Juli i jo mateix (em vaig prestar mig voluntari, només) baixàrem al pou. Una volta allí, respiràvem profundament. I no notàvem cap senyal de res. Ni mareig, ni asfíxia.

—Provem d'encendre els ciris —va dir Juli.

Vaig agafar els encenedors, n'eixia una espurna, però no hi havia manera que allò fera flama. Després vaig agafar la capseta de mistos. Passava el mateix. Una espurna fugissera, i res.

—Trobe que és prou clar —assegurava Juli.

—Tot resulta ben estrany —vaig dir—.

Per què, si no hi ha oxigen, no ens asfixiem? —repetia jo, verdaderament meravellat.

—Jo crec que amb un quart d'hora que estiguem ací, serà prova més que suficient —va cridar Juli perquè el sentiren des de dalt i li'n donaren la seua conformitat.

—D'acord —va cridar Míriam.

Amb tant de crit, els pinyetes es van espantar. O això vam creure. Perquè els vam notar desficiosos. La resposta va venir uns cinc minuts després. No sé com no ens vam morir de l'espant. Perquè, tal com estàvem raonant que seguíem bé i que no hi havia manera d'encendre cap misto, ja que de tant en tant repetíem l'experiència, vam sentir una forta explosió que ens va eixordar. Joan Enric va perdre l'equilibri per l'ona expansiva i va eixir disparat cap al fons del pou. A penes si vam tenir unes dècimes de segon per a adonar-nos que queia, gràcies a la claror de les llanternes, i el vam poder entomar abans que no es trencara la crisma. Encara que poc va faltar perquè no ens la trencara, a nosaltres, amb el seu pes. Vam redolar per terra. Vam sentir els crits dels de dalt, que Míriam, Bernat i Quim cridaven com bojos.

—Què us ha passat? —cridàvem i repetíem, perquè no hi havia manera que ens escoltaren.

Finalment ens van sentir.

—Míriam i Bernat, que s'han ferit —va cridar Quim—. Jo crec que no tinc sang —afegí.

—Però, què ha sigut això? —vaig cridar.

—Que algú ha dinamitat l'eixida de la cova! —bramà.

—Pugeu-nos cap amunt! —cridà Juli.

Per a haver de posar-se d'acord i pujar-nos, van tardar uns minuts, perquè Míriam i Bernat estaven més pendents de les ferides, i de l'ensurt que havien tingut, que d'ajudar-nos a eixir del pou.

—No ha sigut tant com ens pensàvem —vam sentir que deia Bernat.

I finalment vam eixir del pou. Vam mirar el lloc on hi havia hagut l'explosió i ens vam espantar. Tota la boca de la cova estava dinamitada, sense que veiérem l'abast del mal. Els nervis es van apoderar de tots. Perquè vam començar a traure les primeres pedres que teníem davant. Però, darrere cada pedra, n'hi havia una dotzena més. I amb els nostres nervis, els pinyetes es van posar nerviosos, en sentir els colps de les pedres que redolaven fins al fons del pou.

—Els que ho han fet han pretés que no n'eixim vius! —cridà amb ulls esparverats Joan Enric.

—Els que ho han fet?... —vaig preguntar.

—Ha sigut obra del senyor Vicent i del periodista! —exclamà Erica.

—Vols dir que el periodista s'entén amb el senyor Vicent? —demanà Míriam.

—I si no?... No els hem vist dirigir-se a la cova, també? —digué.

—No ho crec! Per què havia d'embolicarse un periodista en un intent d'assassinat? —digué Bernat—. No ens coneix de res...

—I si s'ha fet còmplice del senyor Vicent? Potser l'ha convençut perquè no donem a conéixer la cova... —va dir Erica.

—Han sigut el senyor Joan i el senyor Jofré... —vaig assegurar—. Aquests sí, que tenen coses a ocultar!

—Com ho saps? —em demanà Erica.

—Que ets idiota? —vaig dir amb la veu crispada—. Qui coneix l'existència del riu? O qui va salvar el senyor Jaume Valls d'una mort segura al túnel? Som un perill per als seus projectes! Perquè sabem que l'accident del senyor Jaume Valls tampoc va ser fortuït...

—Hem sigut uns imprudents! —es queixà Bernat.

I ens va entrar una por terrible de morir de fam i de set com el senyor Jaume Valls. I llavors sí, que vam perdre els nervis i cada un els va perdre d'una manera. Uns plorant i cridant desesperadament. Uns altres maleint tot el que calia maleir. I uns altres llançant les petites pedres de runa contra les parets que teníem al davant.

I els pinyetes que fugien, a tocar de sostre, dels nostres nervis.

Quan al cap d'una hora ens vam calmar, més per cansament, i Juli proposà si hi podíem fer alguna cosa, els pinyetes van canviar d'actitud. Van tornar a volar més arran de terra i se'ns acostaven a poc a poc. I fins i tot es paraven sobre la roca i ens miraven. Però ens miraven amb una cara simpàtica. I feien petits xiscles.

—Se'ns burlen —vaig dir—. Els fills de gossa!

I vaig agafar una pedra per llançar-los-la.

—Quiet! —cridà Míriam—. Què vas a fer? Quina culpa en tenen ells?...

I ens vam quedar mirant-nos-els. De colp van alçar el vol i vam veure que es dirigien tots cap al sostre i que a poc a poc... desapareixien!

—Estan desapareixent! Estan desapareixent! —va cridar Quim.

—Hi ha un forat per on eixir! Ens l'estan mostrant! —vaig cridar, que la veu no m'eixia de la gola.

I vam dirigir les llanternes cap allà, sense que poguérem descobrir cap forat o escletxa. Però sabíem que hi devia ser. Allò ens retornà la moral i vam mirar com podríem accedir-hi, perquè la roca no era gens fàcil d'escalar.

—Mirem-nos-ho bé —va dir Juli.

I ens vam acostar cap a la paret del fons. Sota la vertical per on eixien els pinyetes. I ara sí, que hi vam descobrir una petita escletxa. Suficient perquè hi passara una persona com nosaltres. Però la manera d'accedir-hi era complicada.

—Només si fem servir una corda com una mena d'àncora, en podrem eixir —va dir Quim.

Efectivament, pel seu emplaçament, no

s'hi podia arribar, perquè era un poc allunyada de la paret. Però si aconseguíem llançar una corda amb un pal i que aquest quedara enganxat a l'escletxa a manera d'àncora, podríem arribar-hi.

—Però no tenim cap pal —va dir Joan Enric.

I vam quedar de nou espantats. Perquè si no hi havia cap manera de poder enganxar la corda en algun lloc, com una àncora, com podríem arribar a l'escletxa? El desànim va tornar a apoderar-se de nosaltres. I així vam estar una llarga estona, mirant-nos l'escletxa, perquè no véiem cap manera d'accedir-hi, ni fent un castell de quatre amb folre.

Va ser Quim, que era tan observador, el que en pegar-li una puntellada a una pedra, va exclamar:

—Trobe que ho podrem aconseguir!

—Com? —vam demanar tots alhora.

—Busquem una pedra cantelluda —va dir.

I vam trobar una pedra, de pam i mig de llarga, per un pam d'ampla, que acabava en punta per tots dos costats. La vam lligar de la corda i vam provar de fer-la entrar a l'escletxa. Ens va costar temps, perquè de vegades hi entrava però no quedava enganxada. Fins que una de tantes vegades tot era estirar i la corda no cedia.

—Ja ho hem aconseguit! —exclamà Míriam, emocionada, que se li van escapar unes llàgrimes d'alegria.

Quim mateix es va enfilar corda amunt i va entrar a l'escletxa. Quina alegria vam sentir, encara més quan, al cap d'uns segons, vivament emocionat, digué:

—Hi ha una eixida, hi ha una eixida!...

Juli va escalar la roca i Quim li va fer arribar la corda i, suspés en l'aire, l'ajudà a arribar a l'escletxa. Després vam repetir l'operació fins que tots vam ser-hi. Vam recuperar la corda per si de cas ens feia falta i vam seguir el passadís. El passadís pujava lleugerament cap amunt, tot seguint una clivella estreta. Però uns cent metres més amunt, es tornava més pla i més ample, tombant a la dreta. El vam seguir més tranquils i uns cinquanta metres més avant, en tombar a l'esquerra, ens vam trobar amb dos persones que ens van enfocar amb sengles llanternes.

—Bon dia —ens van saludar.

L'ensurt que ens provocà aquella inesperada aparició, a penes ens deixà contestar la seua salutació.

—Havíem sentit una solsida —va dir el periodista—. L'heu provocada vosaltres? —demanà.

Com que encara romaníem callats per la sorpresa, digué:

—Sóc Miquel Ferrerons. Sóc periodista. Crec que ja el coneixeu, a ell...

—Sí —vam marmolar.

Es quedà esperant la nostra resposta.

—No ha sigut cap solsida —va dir Erica—. Ha degut ser una explosió.

—Una explosió? Què dius, ara? —es va estranyar el senyor Vicent.

—Sí senyor —vaig assegurar—. De poc ens quedem atrapats sense poder eixir-ne.

—Què voleu dir? —va preguntar Miquel Ferrerons.

—Que algú ens vol fer callar —vaig dir.

Va fer uns ulls com unes taronges, i digué:

—Veniu ací, que hi ha un espai més ample i ens ho expliqueu...

Uns metres més cap arrere el passadís s'eixamplava. Hi vam seure i vam explicar-los tota la història. Totes les nostres sospites.

—Està resultant més interessant del que em pensava —digué el periodista—. No sols hi ha una cova meravellosa d'art rupestre, sinó dos bojos que van solts per tal d'apoderar-se d'unes arenes auríferes... Que ens hi podeu dur? —va demanar.

Atesa la mirada que vam fer, va continuar:

—No heu de témer res. Som nou o deu contra dos. Encara que potser desapareixeran uns dies d'ací, ara. No voldran que els puguen relacionar amb la vostra desaparició. Per això haurem d'actuar amb tota precaució. Els atraparem in fraganti!

I ens vam dirigir, amb precaució, cap al riu d'arenes auríferes.

10. Sorpresa dins el túnel

Tant el senyor Vicent com Miquel Ferrerons van quedar impressionats quan els vam descobrir el riu i van tenir a les mans un grapat d'arena amb la pols aurífera.

—No ho hauria imaginat mai! —va exclamar el senyor Vicent—. Heu sigut capaços de descobrir vosaltres més coses en uns dies que jo en anys... —va marmolar.

—Que no ha recorregut vosté tots aquests passadissos? —va demanar-li el periodista.

—Sempre he fugit dels grans pendents. Els homes primitius mai van habitar coves en què necessitaren haver de despenjar-se perillosament... No anava a fer-ho jo —va bromejar.

Havia sigut remoguda gran part de l'arena de vora el riu. Un gran muntó d'arena contra la paret ho donava a entendre.

—Ho faran tot malbé —digué Miquel Ferrerons—. Caldrà que ho denunciem immediatament!

—No podem denunciar que algú garbelle l'arena per traure'n la pols —va dir el senyor Vicent.

—Legalment, ho ha de fer —va respondre el periodista.

—Encara hi ha més —va dir Juli, que començava a tenir confiança en Miquel Ferrerons. Aquest va fer cara de sorpresa.

—Què vols dir? —va demanar.

—Vam descobrir que segurament el túnel va ser dinamitat a posta...

Quan Miquel Ferrerons va sentir allò va obrir uns ulls com unes taronges.

—Com podeu demostrar-ho?

—Si vols, tu mateix pots mirar-t'ho. Nadal va trobar les restes d'un cartutx i el guarda —va dir, demanant la meua aprovació.

—Sí, el tinc a ma casa —vaig dir.

—I podem arribar al túnel? —va preguntar.

—Haurem de passar per sota d'allà —vaig assenyalar.

Ni Miquel Ferrerons ni el senyor Vicent s'ho van pensar dues vegades. Vam seguir el riu i vam eixir a l'altra banda. Ens vam enfilar per la paret i vam resseguir el tortuós passadís fins a arribar al túnel, al mateix punt on havíem trobat el senyor Jaume Valls.

—Ací hi havia, mig mort de gana, el senyor Jaume Valls, un home que va morir estimbat en el seu cotxe fa unes setmanes —va dir Quim.

I vam haver d'explicar a Miquel Ferrerons quina havia sigut la història de tot allò.

—Xicots, sou una mina, i mai més ben dit

—va dir, crec que pensant en l'or del riu—. No sé per què, encara no serà l'última sorpresa que ens donareu... —va riure.

I nosaltres també ho vam fer, i ell va quedar ben intrigat. Però ningú va gosar revelar-li el secret de les roques, perquè primerament volíem assegurar-nos que la carn que havíem colgat demostrava el nostre pressentiment.

—Escorcollem el túnel, vejam què hi podem trobar —va dir finalment Miquel Ferrerons.

Vam començar a buscar per terra. I al cap d'una estona vam trobar les restes de dos cartutxos més. Després ens vam acostar cap a les runes i el senyor Vicent i el periodista van examinar les parets del túnel.

—Han sabut fer la faena —va marmolar el periodista—. Una solsida natural no hauria quedat tan bé..., ni tan perfecta.

—Guaiteu! —va cridar Bernat.

Ell duia la investigació pel seu compte. Era a l'altra banda de la paret. Ens vam dirigir cap allí i vam quedar astorats. Entre la runa i la paret dreta del túnel hi havia un passadís en direcció cap a fora del túnel.

—Diria que aquest passadís no hi era! —va dir Quim.

El passadís arribava al final de la runa, després de més de vint metres.

—S'ha acabat la història —va dir Bernat mateix, desil·lusionat.

Però Miquel Ferrerons, que havia comprés l'entrellat de tot allò tan bé com nosaltres, començà a mirar-se tot el muntó de pedres que ens barrava el pas. I no va tardar a descobrir que a penes si hi havia un metre de paret entre nosaltres i l'eixida. De manera que ens vam dedicar a apartar les pedres i de seguida vam veure una tènue claror a l'altra banda. I allò ens va emocionar. Deu minuts més tard ja érem a l'altra banda de les runes, i davant nostre no hi havia altra cosa que la màquina de pala que havia simulat que entrava i no entrava al túnel i que havia excavat el passadís.

—Ja està clar —va dir Quim—. Trauen l'or per ací, tal com sospitàvem!

L'alegria que teníem, en veure que tot anava encaixant, era gran. Estàvem molt contents. Ens miràvem tot allò, les runes i la màquina, el passadís, com a part integrant nostra. Només Joan Enric va fer una observació:

—L'haurem de tapar, perquè si vénen i el veuen destapat, sospitaran.

—Tens raó, xicot —va dir Miquel Ferrerons—. Ara haurem de veure com ens ho fem per poder-los atrapar... Però, bé, tapem el passadís i després xarrarem amb més calma, que hi ha tantes coses de què parlar... —i va mirar també el senyor Vicent.

Una vegada tapat el passadís, ens vam dirigir cap a la boca del túnel.

—Ara haurem de mirar com eixim, no fóra cas que hi haguera algú vigilant —va dir el periodista.

Amb gran dissimulació, Quim va ser el primer que va eixir del túnel, arrossegant-se per terra i amagant-se entre els arbres i els arbustos. Al cap d'uns deu minuts, des del punt assenyalat, ens va fer senyals que, dissimuladament, i segons el pla que havíem establit, podíem eixir. D'un en un ho vam fer. I cada un es va encaminar també a sa casa. A l'hora que havíem convingut, ja ens trobaríem a cal senyor Vicent. Mentrestant, havíem de comprovar un cert detall.

A les vuit del vespre, tots érem a cal senyor Vicent. Sa casa era sorprenent per la decoració, de sabor ranci i antic, per la quantitat de pintures de motius rupestres, tretes de la cova dels Senglars, tal com ell l'anomenava, i també per les restes prehistòriques.

Tots vam notar, però, en el senyor Vicent un no sé què. L'home es mostrava amable però distant. Més encara quan jo vaig informar del detall que m'havien encarregat d'esbrinar:

—El meu germà Roger no ha trobat cap senyal del senyor Joan ni del senyor Jofré. Els seus cotxes no han sigut vistos en tres quilòmetres al voltant.

Perquè el meu germà i tres amics seus, encara que els amics no en sabien la raó, havien escorcollat cada pam de terreny i havien espiat l'hotel on dies abans s'allotjaven el senyor Joan i el senyor Jofré.

—Ja us havia dit que aquests s'esfumarien uns dies —va dir Miquel Ferrerons.

El senyor Vicent ens va preparar te amb menta. Com que feia fred i humitat, ens anà la mar de bé. Després, el periodista, deixant la tassa damunt la taula, digué:

—Bé. Les coses les veig clares. Algú o alguns no estaven conformes amb la construcció del túnel, veges tu per què, i incendien la muntanya. El mateix o algú altre tira terra a les màquines de l'empresa constructora per impedir l'acabament de les obres, després les incendia... I, finalment, per les proves que tenim, es dinamita el túnel...

Va fer una pausa i acabà de beure's el te. Va fer un gest expressiu amb les mans i seguí:

—Podem dir que han sigut les mateixes persones?...

—Possiblement, sí... —va intervenir el senyor Vicent.

—Jo diria que, segurament, no —el va contradir Miquel Ferrerons.

El senyor Vicent es mostrà contrariat. I més davant de tots nosaltres, que el vam mirar com a poc deductiu.

—No, per una raó molt senzilla. Jo em demane, si a penes començades les obres s'incendia el bosc, quina va ser-ne la raó? I no ho puc relacionar amb la resta de la història. Vull dir que no lliga amb la descoberta de l'or del riu, perquè encara no s'havia arribat al punt de possible comunicació.

Tant el senyor Vicent com nosaltres no acabàvem d'entendre el que volia dir Miquel Ferrerons. Ell va fer un esforç per explicar-se.

—Tots hem tingut accés al túnel a través del passadís que ix des de la paret del riu. Per tant, també des del final del túnel es podia tenir accés al riu i descobrir l'or. Ho enteneu?

Amb el cap vam assentir.

—Doncs abans d'arribar al punt del túnel actual era impossible que ningú, del túnel estant, tinguera accés al riu. Només pel lloc per on nosaltres hem entrat. Per les boques de la muntanya dels Senglars. I no crec que ni el senyor Joan ni el senyor Jofré, que desconeixien la geografia del poble, tret de les terres per on havia de fer-se la carretera i el túnel, hagueren descobert aquestes entrades tan amagades...

—Esteu ben equivocat! —va intervenir el senyor Vicent, alçant la veu, en revenja—. Esteu ben equivocat, jove! —repetí—. Aquesta gent, abans d'emprendre una obra d'aquesta envergadura, analitzen cada pam de terra i trepitgen cada racó per assegurar-se de la bondat de l'obra. Per tant, ben bé haurien pogut descobrir l'entrada a la cova...

Quim, a qui no se'n passava una, ho va acabar d'arredonir:

—Impossible! Perquè l'entrada era tapada per una pedra que l'amagava.

—Com? —va demanar el senyor Vicent.

—Que des de fora no es pot descobrir l'entrada, perquè la cobreix una pedra que pesa més de cent quilos... Nosaltres la vam descobrir perquè els vam seguir i vam veure per on entraven... Així i tot, ens va costar, de tan dissimulat com està.

—Per tant, tots dos van resseguir el passadís des de dins del túnel, van descobrir l'or i van mirar de trobar una eixida. Arribats al final del corredor, com que són dos homes forts, van intentar alçar la pedra i aquesta va cedir. Ja tenien una eixida i una entrada. A partir de llavors era més prudent no usar la boca del túnel. I he dit a partir de llavors. Però l'incendi és anterior. Qui el va provocar?

El senyor Vicent va preguntar si volíem més te. Estava nerviós. Perquè ell s'havia oposat més que ningú a la construcció del túnel. I ho sabia.

—De tota manera, no crec que tinga massa importància, ara... Perquè vull demostrar només que és una acció duta a terme per una persona diferent i no relacionada amb els últims esdeveniments... Perquè encara que el vandalisme contra les màquines es produeix quan el túnel ja ha arribat al final, no crec que els mateixos senyors Joan i Jofré l'hagueren comés... Crec que va ser el mateix que va provocar l'incendi i que, per tant, coneixia que els passadissos es comunicaven.

Al senyor Vicent li caigué la tassa, perquè en aquell mateix moment l'estava agafant per acabar-se el te. Aleshores tots el vam mirar. Ell no sabia on posar els ulls.

—Ja us he dit que no coneixia aquests passadissos, jo —es va excusar.

—Ningú no l'ha acusat —va intervenir oportunament el periodista.

No sé que vam intuir en els ulls del senyor Vicent. Crec que no va ser capaç de confessar-nos, en aquell moment, tot el que sabia. Que era molt.

—El que cal acordar, això és el més important, i per això ens hem reunit ací, és si estem disposats a denunciar-ho, i com. Si a través dels mitjans de comunicació o ho fem a la policia... —manifestà Miquel Ferrerons.

I llavors el senyor Vicent, vivament enfurit, va cridar:

—No n'estem fent un gra massa?

Ens vam quedar mirant-lo. Tenia els ulls brusents i estava roig com un titot.

—Què vol insinuar? —va dir el periodista.

—Que estem ficant-nos on ningú ens demana! —va dir dir encara encés—. No és el nostre problema, si algú ha descobert unes arenes auríferes i les trau per la boca del túnel... Més aviat és cosa de l'administració vigilar les obres que ha contractat. Qui ens mana ficar-hi el nas?

—Però hi ha una tercera persona, la que van deixar tancada dins el túnel, que després va morir en accident... Potser tot hi estiga relacionat. Si no ho denunciem, podem ser-ne còmplices per encobriment... —va dir Miquel Ferrerons per tractar de convéncer el senyor Vicent.

—Jo ho deixaria córrer, jove. L'única cosa que m'interessa, ja li ho he comentat aquest matí, és que, si cal fer pública la troballa de la cova, quede reservada per a l'estudi dels especialistes... La xusma, a l'últim, sempre ho fa tot malbé...

—I no pensa en nosaltres, senyor Vicent? —va dir Míriam—. Qui va causar l'explosió perquè ens hi quedàrem atrapats i morírem?... Perquè si no arriba a ser pels pinyetes, no ho haguérem contat...

El senyor Vicent no va gosar replicar les manifestacions de Míriam. S'hauria posat en contra nostra. Va girar el cap, però no vam poder aconseguir que canviara d'opinió. Tanmateix, en eixir de cal senyor Vicent, vam decidir que abans de publicar res en la premsa, ho denunciaríem a la policia. En tots aquells fets hi havia una clara manifestació delictiva i, tal com havia confessat Miquel Ferrerons, no podíem ser-ne còmplices. La nostra vida estava en perill.

11. Dues detencions

Després que vam fer una llarga confessió dels fets a la policia, el caporal va assegurar que no hi havia cap prova clara que inculpara el senyor Joan ni el senyor Jofré. Perquè, sí, els havíem vist entrar-hi, cosa que els feia sospitosos, jo havia aportat les restes del cartutx que vam trobar al túnel, però com que hi havia tres grups de persones que nosaltres coneixíem que tenien accés a la cova (aquests mateixos senyors, el senyor Vicent i la nostra colla), també podia haver-hi alguna altra persona que ho fera.

—De tota manera anem a investigar-ho, perquè sí que hi ha delicte... —va dir, referint-se al fet que algú haguera dinamitat l'entrada a la cova dels pinyetes.

—Trobe que no els resultarà difícil —va dir Miquel Ferrerons.

Llavors, el caporal, agafant-lo pel braç i en to confidencial, li va dir:

—Si vosté té paciència, jove. Només una mica de paciència...

—Què vol dir? —preguntà el periodista.

—Que no ha de fer públics aquests fets, perquè, si no, no atraparem ni una mosca.

—Explique's —exigí Miquel Ferrerons.

—Si vosté fa públic que s'ha descobert la cova aquesta de les pintures rupestres, hi haurà una allau de gent que la voldrà visitar. I l'administració voldrà prendre-la al seu càrrec i ficar-hi cullerada... Què podrem provocar, eh?...

—No ho sé —no acabava d'entendre el periodista.

—Doncs que hi haurà tanta gent fossant per aquestes muntanyes, que escalivarem els nostres ocells... Ho va entenent, ara?...

—Sí —va comprendre Miquel Ferrerons—. Convé que es confien i caçar-los...

—Sí senyor.

—Però després voldré la notícia, o les notícies, en exclusiva —va somriure el periodista.

—Li deixaré la primera plana i les pàgines centrals —li tornà el caporal el somriure.

—D'acord —digué Miquel.

De manera que vam esperar uns dies. Miquel se'n tornà a la ciutat. Ho va fer per despistar. Teníem el seu número de telèfon per a comunicar-li qualsevol novetat. Nosaltres vam fer una vida normal. Tan normal, que ens vam oblidar dels animals que teníem soterrats. Només Juli, mentre passejava amb Meritxell, a l'hora del pati, es va fer una palmada al front i exclamà:

—Osti, els conills!

Meritxell va quedar tan parada i bocabadada, que pensava que Juli s'havia tornat boig.

—Els conills que vam soterrar... —va marmolar ell.

—Però, què dius? De quins conills parles? —demanà ella.

Juli s'adonà que això era un secret i un fet tan anormal que no podia exposar-se a revelar-ho.

—No res, dona, era per veure com reaccionaves davant una situació ridícula... —es va excusar.

Meritxell va fer una ganyota, com que no comprenia tot aquell desficaci.

—Però quan vam tornar de Vallroja, al vespre, vam anar a comprovar com estaven les restes dels conills. I quina no va ser la nostra sorpresa quan, en obrir les diferents capses, les restes de conill que no tenien roca, feien una pudor terrible, totes putrefactes. I les dues que sí que en tenien, estaven tan naturals com quan les hi vam enterrar.

—Açò és el gran descobriment del segle! —exclamà Bernat.

—Home!... —digué Erica—. No cal que exagerem...

—Això, tu, xica... —protestà Bernat—. Digues qui ha sigut capaç de descobrir un mineral que per si sol faça innecessari l'oxigen i protegesca la matèria de la putrefacció...

—Ja no caldran frigorífics —se li ocorregué dir a Joan Enric, una mica de broma.

—Així ton pare podrà guardar-te en conserva al natural —contestà Bernat, que ho agafà com una burla.

—Tu, que som davant uns fets transcendentals i estem pixant fora de test —tallà Quim—. Si açò és cert, ja podem preparar-nos per a viatjar per tot el món. Tothom voldrà saber com ho vam descobrir, i Juli els explicarà els primers experiments que va fer amb les rates... Tu, això ens donarà fama i passarem a la història... —va dir més content que unes pasqües.

Vam intuir que allò era d'una gran transcendència, evidentment. Però no imaginàvem com podia acabar. Vam deixar les restes dels conills colgades, perquè continuara l'experiment, i vam esperar que la policia fera el seu camí.

I tant que el va fer! Perquè dos dies després va córrer com la pólvora que la policia havia detingut el senyor Joan i el senyor Jofré. I els van detenir in fraganti, just quan eixien per la boca del túnel. En escorcollar-los, els van trobar damunt trenta grams d'or en pols.

Vam avisar ràpidament Miquel Ferrerons, i en dues hores es va presentar al poble. Es va entrevistar amb el caporal, senyor Martí, i va tenir permís per a publicar tot el que volguera, llevat de la possible relació dels encausats amb la mort accidental del senyor Jaume Valls.

—No volem que s'amague cap pista —va excusar-se.

—De moment, en tinc prou —va dir Miquel Ferrerons.

I va dir que es retirava a l'hotel per preparar la primera de les cròniques. I que a poc a poc ens entrevistaria a tots.

—Hem de donar realisme i veracitat a tot aquest afer. Demà visitaré el senyor Vicent. Veurem què diu, ara que han detingut aquests dos pardals de vila...

Nosaltres, l'endemà, vam eixir cap a Vallroja. I quan en vam tornar, Miquel Ferrerons ens esperava a la parada de l'autobús. Ens pensàvem que voldria entrevistar-nos.

—El senyor Vicent no és a sa casa, en tot el dia. Tampoc hi és el cotxe. M'he acostat a la muntanya dels Senglars per veure si hi havia anat amb cotxe, i no.

—Aquest home no té la consciència tranquil·la —va dir Erica—. Li ho vaig notar el vespre que vam ser a sa casa. Ell té alguna cosa a veure amb l'incendi i amb alguns fets més... —va dir segura del que deia.

—Què vols dir? —li demanà Miquel Ferrerons.

—Que va dir que no coneixia el passadís que menava al túnel, només el que menava a la cova de pintura rupestre... Un home com aquest no es deixa res per veure. M'ho diràs tu a mi!

—Però no havia tocat l'or de l'arena —va dir Quim, sempre tan observador.

—Potser no li interessava... O potser n'ha trobat en alguna altra part del riu de més fàcil accés... Que el coneixem tant, nosaltres?

I llavors sí, que ens vam intrigar. Ens vam passar el vespre rondant per sa casa. I l'endemà. Però el senyor Vicent no mostrava senyals de tornar-hi. I mentrestant Miquel Ferrerons anava publicant totes les seues cròniques. I nosaltres apareixíem explicant les nostres experiències. Amb foto i tot inclosa. Per als pobles de la comarca, ens havíem convertit en uns herois.

Mentrestant, el jutge que s'havia fet càrrec de la investigació, acusà formalment el senyor Joan i el senyor Jofré d'haver dinamitat el túnel en profit propi, amb la clara intenció d'evitar que aquest malmetera les arenes auríferes o les posara al descobert.

El jutge, declarat el secret sumarial, havia manat a un enginyer expert l'estudi del túnel. Amb aquest estudi es mostrà i comprovà que la dinamitació s'havia dut a terme amb la clara intenció de provocar-ne la gran solsida.

D'altra banda, altres pèrits en mecànica van analitzar les restes del cotxe sinistrat del senyor Jaume Valls. Aquesta anàlisi, a la qual s'afegí la companyia asseguradora demandada, demostrà que la direcció del cotxe havia sigut manipulada prèviament perquè es trencara en fer qualsevol maniobra forta.

No va tardar el senyor Jofré, que era més feble de voluntat, a declarar tota la veritat i a acusar el senyor Joan d'haver sigut el cap organitzador dels fets. Perquè va ser el senyor Joan qui va descobrir la boca del passadís que menava cap al riu interior. El senyor Jofré i el senyor Jaume Valls el van seguir i, en descobrir les arenes auríferes, es va apoderar del senyor Joan un desig incontrolat d'apropiar-se l'or. No va voler de cap manera que denunciaren la seua troballa.

De les declaracions fetes pel senyor Jofré, es va saber que quan van descobrir, casualment, l'eixida per la muntanya dels Senglars, van decidir dinamitar el túnel, perquè aquest posaria al descobert una part del riu d'arenes auríferes. Després va venir tota la resta. El senyor Joan va convéncer el senyor Jofré perquè deixaren allí dins el senyor Jaume Valls, sense llum ni menjar... Quan el van veure aparéixer de nou, uns dies després, es van pensar que havia aconseguit eixir del túnel per ell mateix, i temerosos que els denunciara o que tractara d'agafar l'or, van manipular la direcció del cotxe perquè xocara contra algú o s'estimbara...

Miquel Ferrerons estava ben pagat d'ell mateix. La notícia, acompanyada d'un amplíssim reportatge, de la descoberta de les pintures rupestres, va fer la volta al món en menys de vuitanta... minuts. Totes les agències se'n van fer ressò, i les telefonades al seu diari i al nostre ajuntament eren contínues, per demanar confirmació de la notícia. No van tardar a aparéixer al nostre petit poble una munió de reporters. Però la Conselleria de Cultura no va permetre l'accés a la cova a ningú. Aquesta, en un informe oficial, va confirmar l'existència de les pintures.

Però el senyor Vicent no apareixia per sa casa. Ni se'n tenia cap notícia. Temíem si també li havia passat res.

—I si ha trobat una altra boca d'entrada i s'ha amagat a la cova? —va dir Quim—. Recordeu que hi havia una altra entrada més cap a llevant.

—I què hi faria, sense menjar? —va dir Joan Enric.

I no vam decidir fer res.

12. L'últim secret

Miquel Ferrerons va assegurar que ja havia cobert àmpliament la notícia sobre la descoberta de la cova i tret que n'hi haguera cap novetat, ja no tenia res a fer entre nosaltres. Llavors va ser quan Juli ens va mirar còmplicement. Míriam ho va entendre de seguida.

—Si vols... —va dir.

—Que encara hi ha cap secret que m'estigueu amagant? —preguntà el nostre amic periodista, perquè ara ja el teníem com a amic.

—Sí —va marmolar Juli.

—I molt important —vaig dir.

—Òndia! I què espereu?...

—Com estaves tan entretingut amb la descoberta de la cova, no volíem barrejar-ho tot... —vam trobar una excusa ràpidament.

—I de què va? Quina mena de secret m'amagueu? —demanava ben intrigat Miquel Ferrerons.

—Vine i ho veuràs tu mateix... —va dir Juli.

I ens vam encaminar cap al bosc on hi havia enterrades les capses. Miquel Ferrerons, que no podia estar-se d'ignorar el secret que li volíem mostrar, només volia fer-nos dir de què podia tractar-se.

—Tu mateix ho veuràs —repetíem.

I quan vam descobrir els cossos dels conills putrefactes, es va llançar arrere.

—Què vol dir, açò?

—Has notat la pudor, eh? —reia Juli.

—I tant! —acabà rient el periodista.

—Doncs ara veuràs —digué Juli.

Va destapar les altres dues capses. A dins hi van aparéixer els cossos dels conills en perfecte estat.

—Què significa, tot açò? —preguntà Miquel Ferrerons.

—Tu, què creus? —va dir Quim.

—Doncs no ho sé... Que aquests deuen ser més recents, perquè estan frescos...

—No hi veus res? —tornà a preguntar Quim.

—Doncs...

—Aquests trossos de roca, home...

—Ah!...

—Aquests en són els causants... —es complaïa Quim a revelar-li el secret a poc a poc.

—Vinga, xicots, a què juguem? —s'emprenyà el periodista.

I li vam contar fil per randa tot el que havia passat. Ell no s'ho acabava de creure. Es mirava i es mirava els cossos de conill, els de carn putrefacta i els de carn fresca.

—Se'm voleu burlar, eh? —repetia.

—Res de burla, tu. Que ho vam experimentar en els nostres propis cossos... —assegurava Juli.

—És que no m'ho puc creure..., perquè açò seria una autèntica revolució!

—Sí, també ho hem pensat! —va dir Míriam.

—Si vols, podem anar a la cova i tu mateix hi entres amb nosaltres. Encendrem els ciris i tu mateix controles l'experiència —va oferir-se Juli.

—I ara! —exclamà Miquel Ferrerons.

Vam quedar tan sorpresos, que vam mirar l'hora per veure si podia ser o no. Eren les deu del matí.

—Ens hi acostem amb cotxe. Encara podem arribar a hora de dinar... O agafem uns entrepans —deia el periodista.

Vam agafar uns entrepans, les cordes, una escala plegable i els ciris. I una hora més tard entràvem a la cova. Miquel Ferrerons estava visiblement nerviós. Ell més que nosaltres, perquè era una persona adulta, intuïa que aquell podia ser el reportatge de la seua vida, més que el de la descoberta de les pintures rupestres. Quan, finalment, vam arribar a l'escletxa que ens havien descobert els pinyetes, per la part superior del sostre de la cova, vam despenjar l'escala plegable i vam iniciar el descens. Ja a baix, vam entrar dins el pou Juli, Erica, Quim, Miquel Ferrerons i jo. Vam intentar encendre els ciris, i res. Vam estar-hi mitja hora llarga.

—No m'ho puc creure —repetia el periodista—. Si açò és cert...

Va agafar trossos de roca fins a omplir-ne una bossa.

—Repetiré a casa el mateix experiment que has fet tu —deia a Juli—. I si açò és cert...

Aquell vespre, Juli li va deixar tres rates. I ja no vam veure el periodista fins l'endemà, diumenge, al migdia. I el que ens va contar va ser massa. Perquè no sols va repetir cent voltes l'experiència amb les rates, sinó que ell mateix va fer la seua pròpia experiència.

—He agafat una bossa de plàstic, he ficat a dins el cap i me l'he lligada ben forta al coll, de manera que no poguera entrar-hi gens d'aire. Tenia les roques a la mà, ben prop de la cara, i no mostrava cap necessitat de respirar. Però si les deixava damunt la taula i me n'allunyava, tot seguit notava la manca d'aire i m'asfixiava. Si tornava on hi havia les roques, aquesta ansietat desapareixia...

Va fer una pausa.

—Xicots, vaig a publicar-ho en la premsa. Demanaré una primera plana!

I així ho va fer. En primera plana venia la notícia i unes quinze línies sobre la descoberta de les propietats de la roca. I a les pàgines sis i set un ampli i extensíssim reportatge on Miquel Ferrerons incloïa fotos de les rates dins la formatgera amb els ciris apagats.

Si la notícia sobre la descoberta de la cova, santuari de l'art rupestre, originà telefonades ininterrompudes a la seu del diari, aquesta notícia va bloquejar la centraleta telefònica. Sorpresa, incredulitat, peticions d'entrevista amb Miquel Ferrerons, demandes de la comunitat científica d'adquirir trossos de roca per fer les seues experiències... era tot el que es demanava quan la línia telefònica quedava lliure del bloqueig.

Una delegació de la Conselleria d'Indústria va venir al poble tres dies després, tal com havia fet la delegació de la Conselleria de Cultura quan es descobrí la cova amb les pintures rupestres, i s'entrevistà amb Miquel Ferrerons. Més tard, en companyia del periodista, de Juli i jo mateix, vam desplaçar-nos fins al pou. Els membres de la delegació van repetir l'experiència i van recollir mostres de roca. L'endemà mateix van decretar la prohibició d'accedir a la cova i van posar vigilància a l'entrada de la cova i del túnel.

Era evident que el senyor Vicent no era dins la cova. Jo mateix vaig dir que ja tardàvem a buscar-lo. Potser en alguna de les seues eixides, li havia passat alguna cosa. No era just que l'haguérem abandonat així.

—No m'agrada aquesta absència —va dir Miquel Ferrerons—. Podríem fer una batuda pel terme.

Vam eixir aquell vespre, en havent dinat. Vam resseguir el camí que feia ell sempre, i després ens vam desplegar en ventall per la muntanya dels Senglars. La brosta i el matoll havien començat a fer la seua aparició, regats pel desgel de la neu, després de la crema.

Miràvem amb ulls de falcó cada tros de terra, perquè el senyor Vicent vestia robes fosques i es podia confondre amb les restes de cendra. Més de quatre hores hi vam estar. Quan ja tornàvem cap al punt de partida, just on havia començat el foc, Bernat va ensopegar amb una roca i va caure de morros. Vam córrer per auxiliar-lo. I mentre ho féiem, Míriam va dir: «què és açò?»

—La pipa del senyor Vicent —va exclamar Quim—. És la pipa del senyor Vicent!

—Vol dir que sí que ha passat per ací i que li ha passat alguna cosa —va dir Erica.

Però Miquel Ferrerons va intervenir:

—Ei, ei —va exclamar—. Vejam, on era la pipa...

I com que Bernat no tenia més que uns arraps sense importància al genoll dret, i també ell va oblidar-se per uns moments del seu mal, ens vam disposar a reconstruir la manera com havíem trobat la pipa.

—Aquesta pipa, pel fang i per la manera com estava oculta, porta mesos perduda, no dies —digué Miquel Ferrerons—. El fang dur, ben apegat a la pipa, la brossa sobre la terra on estava oculta... Xicots, fixeu-vos que a uns metres d'ací va començar el foc...

Tots sabíem què volia dir el periodista.

—Tal com ho sospitàvem, eh? —vaig dir.

—Sí, era la prova que ens faltava. Ho denunciarem, no tenim altra eixida.

No solament sospitàvem que el senyor Vicent, que s'havia negat a vendre les terres, podia ser l'autor de l'incendi, sinó que, com era l'únic que coneixia l'entrada al túnel, també ell va incendiar les màquines de l'empresa i va cometre l'atemptat en posar terra dins els motors.

Feta la denúncia, havíem d'esperar que actuara la justícia. Miquel Ferrerons va tornar a la capital.

—Aviseu-me si hi ha cap novetat —havia dit.

El mes d'abril morí un membre de la família Serratosa. Llavors vam informar Miquel Ferrerons. Podia ser que hagueren de descobrir el nínxol d'algun difunt anterior i així podríem comprovar si es conservava en perfecte estat. El periodista va acudir ràpidament al poble. Molt discretament, perquè ningú sospitara res. Es va fer l'enterrament de la senyora Pauleta. Tot normal. Però l'endemà, ben de matí, quan havien de donar-li terra, Quim, Míriam i jo vam acompanyar Miquel Ferrerons al cementeri i ens vam amagar discretament darrere una tàpia. Des d'allí divisàvem perfectament la paret de nínxols on hi havia tres membres més de la família Serratosa. A les vuit del matí van dur el taüt de la capella del cementeri fins davant els nínxols. Llavors, l'enterrador va picar en un d'ells, el de l'avi Francesc, i en van traure el taüt i el van obrir per voluntat dels fills.

Vam poder veure perfectament que l'avi Francesc estava pàl·lid, com si haguera acabat de morir. Els dos fills i la filla li van fer un bes. El van tornar a tapar i el ficaren al nínxol. De manera que, com estaven els tres nínxols en línia, encara hi va cabre el de la senyora Pauleta.

—Era certa la llegenda —vaig dir.

—Aquests coneixien de fa anys les propietats de la roca —va marmolar el periodista.

—El meu avi ja m'ho deia.

Dos dies més tard va aparéixer en la premsa que les virtuts d'aquelles roques havien sigut comprovades per un grup de científics universitaris de les facultats de Física i de Química. Que, tal com havíem intuït, aquelles propietats anaven a revolucionar el nostre futur més immediat, i sobretot els mitjans tècnics de la carrera espacial, ja que es podria prescindir de les grans reserves d'oxigen. Bé, ho intuíem, però no sé si ho acabàvem d'entendre totalment.

Dies més tard va aparéixer un camió de mudances davant la casa del senyor Vicent. Però ell no hi era!

—No ho entenc —va dir Bernat—. Com envia un camió i deixa que li entren a casa i s'ho emporten tot?

—I si és mort i són els seus familiars? —va dir Quim.

El camió va desaparéixer al vespre ben carregat. La casa havia quedat completament buida. Com si tot s'haguera conjugat per a fer de tot allò un gran misteri, uns núvols blancs i negres van aparéixer per ponent. Van menjar-se la poca claror del capvespre i tot es va fer fosc. Ràpidament van aparéixer els pinyetes. Fent els seus xiscles. Ben prompte, tothom es va tancar a casa, tement els seus mals i esperant una pluja forta. Només nosaltres vam saber que els pinyetes no ens podien causar cap mal. De seguida ens vam fer una pregunta:

—Si el govern té segellades les entrades a la cova, per on han pogut eixir? —digué Quim.

Vam quedar parats. Aquests pinyetes ja ens havien descobert una escletxa que ens salvà la vida. Ara tornaven a anunciar-nos que hi havia alguna altra entrada, o eixida, que el govern desconeixia.

—Anem cap a la muntanya dels Senglars —va dir Miquel Ferrerons.

I ens vam embotir dins el seu cotxe Míriam, Juli, Bernat, Quim i jo. Vam abandonar el cotxe, fins a on la pista ens podia dur i, esquivant la mirada dels vigilants, ens vam amagar en una caseta de pedra des d'on dominàvem la muntanya, perquè havien començat a caure les primeres gotes.

—Aquests policies no saben la que els espera —va dir Quim.

—Què vols dir? —va demanar Miquel Ferrerons.

—Que caurà més aigua que quan allò de Noé.

Els pinyetes, anunciant la pluja, van començar a arribar. I llavors vam veure el punt per on entraven. Era just el punt que nosaltres vam descobrir en un dels viatges i que a penes ens permetia eixir, a un quilòmetre de la boca per on entrava el senyor Vicent.

—Ja està clar. Es tracta de fer més gran la boca. Des d'allí podrem accedir a la cova de les pintures i al pou de la roca —va dir Juli.

Els primers llamps, seguits dels llampecs i dels trons, van il·luminar la muntanya. A poc a poc, la pluja es feia més forta. Era bonic sentir-la caure sobre les pedres de la caseta, i com corria camí avall. Quan els llampecs no il·luminaven aquell tros de muntanya, tot era fosc com gola de llop.

Tot es tornava misteriós. La natura amagava els seus secrets. Miquel Ferrerons estava meravellat en sentir l'esclat de la natura en la seua pròpia carn. La humitat de la pluja, el soroll de l'aigua, les olors de les plantes i de la terra humida.

—Trobe que haurem de repetir l'experiència —va dir.

Dues hores més tard va parar de ploure. Ràpidament ens vam dirigir cap a casa, perquè els nostres pares estaven patint. Vam dir-los que la pluja ens havia agafat a l'hotel i ja no havíem pogut eixir-ne.

—I per què no ens heu telefonat? —van preguntar.

Després de quedar una mica dubtosos, cada un va dir una excusa. Que si se n'havia anat la línia, que no hi havíem pensat, amb tanta aigua, que si no dúiem moneda...

Vam dormir intranquils. Aquella pluja, els pinyetes, no sabíem què anunciaven. Només l'endemà quan vam llegir la premsa ho descobrírem. A la pàgina de successos es podia llegir:

«CONFESSA L'AUTOR DE L'INCENDI DE LA MUNTANYA DELS SENGLARS

El senyor Eugeni M. S., que descobrí i ocultà durant molt de temps la cova de pintures rupestres al terme de Vilaplana, a la muntanya dels Senglars, s'ha confessat autor de l'incendi que paralitzà les obres de construcció del túnel, després d'una meticulosa investigació duta a terme per la brigada criminal de la policia. Així mateix, s'ha confessat autor de l'incendi de la maquinària de les mateixes obres i del sabotatge que perpetrà en abocar arena dins els depòsits de gasolina. La investigació seguí la pista del presumpte autor després que un grup de joves trobà accidentalment la seua pipa a uns metres d'on havia començat l'incendi. Com es recordarà, el senyor Eugeni M. S. es va oposar des d'un primer moment a la construcció del túnel que...»

—Es deia Eugeni, el senyor Vicent —va dir Juli.

—Ha sigut una bona sorpresa, eh? —ens va dir Miquel Ferrerons—. No us l'esperàveu...

—Doncs pensàvem que ja s'havia oblidat tot —va dir Erica.

—Bé, tot té el seu procés. Alguns fets costen de lligar, però al final... —va dir el periodista.

—Quantes sorpreses —va dir Quim—. Aquesta sembla la vall dels misteris!

Certament, quasi res era el que havíem imaginat. La vida era plena de sorpreses. I de misteris. En la nostra infantesa, tot era senzill i tenia una explicació fàcil i diàfana. Vaig témer de ferme major. Perquè m'encantava la realitat de les coses com havien de ser...

—Juli, trobes que encara tindrem més sorpreses? —li vaig preguntar.

Juli em va mirar amb un aire distret, perquè no havia entés la meua pregunta.

ÍNDEX

1. Els tres misteris de la vall 7
2. L'incendi i altres enigmes 15
3. L'afonament del túnel 21
4. El riu aurífer i un fals moribund....................31
5. Una estranya activitat....................45
6. Els pinyetes i la cova prehistòrica....................53
7. L'estrany metall....................65
8. Uns resultats sorprenents 75
9. Atrapats dins la cova....................91
10. Sorpresa dins el túnel 101
11. Dues detencions 113
12. L'últim secret 123

JOAN PLA

Ha escrit més d'una trentena d'obres per a joves, com ara *El bosc cendrós, El tresor de Barba-rossa* o *L'antiquari i la papallona de la mort,* publicades sota el segell Alfaguara-Voramar. Durant molts anys ha exercit de professor i ara es dedica plenament al conreu de la literatura, activitat en què ha estat guardonat amb diversos premis literaris.